新潮文庫

# 空白の桶狭間

加藤廣著



新潮社版

9285

# 目次

# 空白の桶狭間《おけはざま》

# 第一章 秘めたる願い

## 1

永禄《えいろく》二年（一五五九）五月（旧暦）。

織田信長《のぶなが》による尾張《おわり》統一が成った。

吉法師《きっぽうし》こと信長の生まれた天文三年（一五三四）以来、二十五年の内乱は嘘《うそ》のように消えた。

尾張領民は、その束《つか》の間《ま》の平和を満喫していた。

しかし、地場の野武士、土豪たちにとって、この平和は決して有り難いものではなかった。

平和になった途端《とたん》に仕事が無くなったのである。

残ったのは、最後の領内攻防戦となった岩倉城の取り片付け作業。

あるいは、東の今川氏の侵略によって奪われたままとなっている鳴海《なるみ》、大高《おおだか》、沓掛《くつかけ》三城の周辺に、織田軍が対抗上造る監視用の砦《とりで》の維持と補修。

そのくらいしかない。

つまらぬことおびただしかった。

そんな平和ボケが始まった、永禄二年の盛夏のことである。

新進の足軽頭木下藤吉郎は、非番を利用して、一人、蜂須賀小六正勝《はちすかころくまさかつ》の屋敷を訪ねた。

清洲《きよす》城から三里（約十二キロ）、丹羽《にわ》郡宮後《みやうしろ》村にある大きな屋敷である。

蜂須賀小六正勝。

その出自は、応永年間に足利《あしかが》の姓を、定着した土地の名にちなんで蜂須賀に改めたという。

というと、いかにも足利氏の出身のようだが、これはあくまで自称である。

本当は、藤吉郎と同じ〈山の民〉であった。

平地に住む人々に対して、山中に居住して各種の生業《なりわい》を営み、あるいは牛馬を飼って牧草を求めて移動する人々を、当時〈山の民〉と言った。

その多くは、政争に敗れて都を脱出した一族一党である。出自をたどれば、多くの場合、高貴な出に遡《さかのぼ》る。文化的にも都市部の平民より優れている者が多かった。

しかし、中・近世に交換経済が発達するに従って両者の交流あるいは混交が始まる。この結果〈山の民〉が平地に下りてくることが多くなった。

特に濃尾《のうび》平野は、木曾《きそ》川などの三大河川を擁して、毎年のように水害が起き、その度に「一面の湿地帯」となる土地柄である。

これは政治経済の視点で言えば二つの重要な意味を持っている。

一つは氾濫《はんらん》によって肥沃《ひよく》な土壌が流れ込む豊かな土地ということ。

それは、痩《や》せた高地の土地しか知らない〈山の民〉にとって「一粒の種が千倍になる」（ケンペル『日本誌』）ような羨望《せんぼう》の平野であった。

もう一つは、水害の度に、土地支配の権利関係が不明瞭《ふめいりょう》となる。

ここに〈山の民〉が突然やってきて領有を主張できる可能性があった。

美濃《みの》・尾張に出自不明の武将が輩出《はいしゅつ》する理由もここにある。斎藤道三などはその典型である。織田氏も広い意味ではこの中に入るだろう。

この〈山の民〉の平地への進出を、〈山の民〉言葉で、「トケコム（融《と》け込む）」という。

小六は、こうして平地に融け込んで四代目に至り、近隣の土豪の頂点に立った男である。

この時三十四歳。

だが、それ以前は藤吉郎の父弥右衛門《やえもん》の方が血筋としては上であったようだ。

そのため、今も後進の若い藤吉郎の面倒をよく見ている。

足をすすぎ、汗を拭《ふ》き拭き挨拶《あいさつ》した藤吉郎。挨拶もそこそこに、まず小六がこぼしたのは、最近の仕事不足であった。

「弱ったぞな、藤吉郎殿」

小六は藤吉郎に「殿」を付ける。

年齢的にも藤吉郎より十歳年上だ。にもかかわらず——、である。

実は、織田家で、最近驚異的な速さで出世街道を走り始めた同郷の後輩藤吉郎に、一目も二目も措《お》いていたのである。

「小右衛門《こえもん》がとこもそうじゃろが」

と、小六は、隣に座る同じ仲間の前野小右衛門を、愚痴《ぐち》話に引っ張り込んだ。

二人とも六尺近い巨漢ぞろい。対する藤吉郎は五尺そこその小男。

この大小の対照が、会話では全く逆の言葉遣いになる。

「全く同じじゃ。なんとかなろうまいか、藤吉郎殿」

こちら小六の盟友も「殿」付きである。苦しい事情は全く同じなのだ。

だが、藤吉郎はご機嫌だった。

年上の、先輩二人に「藤吉郎殿」と、敬称付きで呼ばれるようになったのは今年三月からである。

この二月。

主君信長は、将軍足利義輝《よしてる》の招聘《しようへい》を受けて上洛《じようらく》した。

尾張の「出来星（成り上がり）武将」が、いきなり全国区に指名されたと勘違いした織田家は、これを名誉と思って沸《わ》きに沸いた。

しかし、この上洛要請は、将軍義輝が、今川義元《よしもと》に持ちかけた、小生意気な信長抹殺《まつさつ》――

の陰謀であった。

義元としても、旅先で待ち伏せして殺す方が、尾張を領国攻めして殺すよりはるかに容易と判断したのである。

これを京への密偵行によって、事前に把握した藤吉郎。

自分が足軽以下の小人の分際《ぶんざい》にかかわらず、身を挺《てい》して信長に進言した。

この結果、京の往復に東海道を避け、京の宿泊先も義輝の指定先を回避することとなり、信長の危機を未然に防いだのである。

この大功によって、藤吉郎は、一躍百人の小人を統括する足軽頭に取り立てられた。

あれから数ヶ月。

仲間の先輩に「殿」付きで呼ばれる嬉《うれ》しさにも、今はもう慣れた。

そんなことより、ここまで二人揃《そろ》って頼ってこられることで、なんとも気分がいいのである。

それでも藤吉郎は、わざと、とぼけて見せた。

「なんじゃ大の男二人が、雁首《がんくび》垂れて朝っぱらから泣き言だかや」

「わぬし、近頃、とんとつれのうなったがや。だが解《わか》るだろう。我等は、合戦がなければ、おまんまの食い上げだがや」

「農民や町民は喜んどるがや。田畑も桑畑も荒されずに済むでな」

「しかし、我等はどうなる。わしも小右衛門も、配下に二百人からの若者を抱えとる。人夫以外にやることがないでは、この腕が鈍るわ」

「安気《あんき》にしておれや」

「馬鹿《ばか》をいわんでくれ。それでは飯の食い上げじゃ」

小六は、まだ三十代前半。到底隠棲《いんせい》の気分にはなれない。

「わははは」

藤吉郎は、小六たちの哀れっぽい顔を見て笑った。

「藤吉郎殿。わぬし笑い事ではないぞな」

「では、お屋形さまに、改めて詫《わ》びを入れてお仕えするか」

藤吉郎が、邪険《じやけん》に振る舞ったのは、ここで、つまらぬ小六の泣き言にとどめを刺そうと思ったからである。

小六と小右衛門の二人は、これまでずっと滅亡した織田本家筋に仕えてきた。裏社会で働く野武士や土豪たちは、表社会の武士以上に義理に厚い。主家が滅亡したからといって、おいそれと「傍系の成り上がり者」に過ぎない信長に鞍《くら》替えすることを潔《いさぎよ》しとしなかった。

それに、性格の陰湿な信長がどうしても好きになれないのである。信長が二年前（弘治《こうじ》三年）の十一月、弟の信行を、病気と偽って清洲城に見舞いに来させて誘殺した。

これが許せない。

このツッパリのお蔭《かげ》で、今も仕事にあぶれて割を食っている。

藤吉郎はそう見ていた。

だが、

「そればかりは、駄目じゃ」

今日も小六と小右衛門は、藤吉郎の信長への仕官の勧誘を断った。

「駄目かや」

「駄目じゃ、駄目じゃ。わしらは、おみゃあのように、才も口も達者に回らぬ。あんな信用のおけぬ、気むずかし屋の宮仕えは真っ平じゃ」

余談だが、はるか後年、江南前野村在の吉田孫四郎の残した『武功夜話』は、この頃の二人の心情を次のように記述している。

織田上総《かずさ》殿、海道に並ぶ者無き勇将に候《そうろう》も、今日まで御一門誅弑《ちゅうし》させられし事その数を知らぬなり。その御気性雷電《らいでん》と承るなり。某《それがし》ども生来の野人、口舌《こうぜつ》の才智《さいち》相無し。

「といったわけで、藤吉郎殿、俺はわぬしの部下、又者《またもの》で結構。だから、なんとかしてくれ。儂《わし》らの抱える若い者を救ってやってくれ、頼む」

小六は、切々と訴えた。

「わははは。頼むか。では仕方あるまい。頼まれるとしようか」

藤吉郎は、ちょっと肩をそびやかして威張ってみせた。

「有り難い。当てはあるか」

「なくはない。あるとも言えぬ」

「そうじらすな。小六、これこの通り。木下藤吉郎大明神殿じゃ。なあ、小右衛門、おみゃあも一緒に藤吉郎様を拝めや」

「拝まいでか、藤吉郎様」

とうとう藤吉郎は「様」に昇格した。二人は藤吉郎の前に手をついて、頭まで下げた。

ここで、藤吉郎は、手を振って二人を制した。

「大明神殿は止《や》めてくれ。生きているうちに神様扱いは縁起でもないわい。それに〈様〉もよせ。俺には十年早い。今いわれても、それこそ〈様にならぬ〉わ。いや悪かった。恩あるわぬしらに頭まで下げさせる気はなかった。冗談じゃ、冗談じゃ。では、奥にて藤吉郎が、今後の存念を語り申し上げよう」

こうして、藤吉郎は、勝手知った奥へと二人を誘った。

2

密談に入ると、藤吉郎は慣れぬ武士言葉に改めた。

「まずしばらく、拙者《せっしゃ》の従者百人をそなたらに預けたい」

「せっかく気心まで知るようになってまだ半年たらず。そんな部下を我等に預けるのか？」

小六たちは、不思議な顔をした。

「やむを得ぬ。今日はその頼みで参ったのだ。もっとも、この間、お屋形さまから頂く小人百人の手当の一切は、おぬしらに回す積もりだ。それを連中の食い扶持《ぶち》にしてくれ。そして、今俺のやっている調練を、もっと徹底して続けて欲しい」

藤吉郎が百人の小人軍団を預かって、まだ半年にならない。

だが、尾張では、この藤吉郎軍団が今話題の的である。

これまで、小人軍団といえば、思い思いの着物を、だらしなく着込んだゴロツキ集団だった。

胴乱《どうらん》（革製の袋。薬や印形などを入れる）は首から長くつり下げ、背中の陣笠《じんがさ》は、紐《ひも》を引きずるようにして、笠がそっくり返ってあくびしても平気だった。

持つ武器は、といえば、ノコギリあり、鎌《かま》あり、ナタありで、種類もばらばら。

それが、藤吉郎が受け持った途端に、すべて一変したのである。

藤吉郎は、小六からなにがしかの金を借りて、自分の軍団に、同じ揃いの草色の帷子《かたびら》と股引《ももひき》、茶の具足《ぐそく》、その上に真っ赤な羽織を着せた。

武器は槍《やり》と山刀だけとした。

平和の到来で、兵の武防具はただ同然で入手できた。

それでも、まだ槍が全員に揃わないので樫《かし》製の木槍が多い。

その槍の長さをすべて統一し、肩に担《かつ》ぐ傾斜角まで一定とした。

胴乱は、腰にしっかり結わえさせ、陣笠も紐の長さを統一して背中にぴったりと背負わせた。

これだけで、小人集団は、見違えるように、きびきびして見えた。

さらに、行進では、百人が十人ずつ一組となり、背の高さの順に並んで歩かせた。それも全員が足を高く上げ、歩調を揃えて行く。

いやでも目立たざるを得ない。

この集団の号令の主が、行進の最後尾から、雷のような大声を上げて叫ぶ猿《さる》のような小男であることも話題を呼んだ。

藤吉郎の集団は、規律だけでなく、訓練も実践的であった。

それまでの武士は、騎馬武者と徒兵《かちへい》、そして足軽、小人と峻別《しゅんべつ》され、足軽以下は馬に乗る訓練を許されなかった。

しかし藤吉郎は、彼らに農民の老駄馬を貸し与え、それに縄の鐙《あぶみ》、麻布の鞍を置き、乗馬訓練を施した。

自分も巧みに乗って見せることで、彼らの大将、つまり藤吉郎が、見かけは全く見《み》栄《ば》えのしない小男だが、それ以上に馬術などの隠れた才能の持ち主であることを再認識させたのである。

　これが部下の心服に変わった。

　藤吉郎は、口を酸《す》っぱくして彼らに教え込んだ。

「よいか、そなたらは乗馬を許されておらぬ。しかし、いざ合戦の場では、乗り手を失った迷い馬を奪うは、こちらの勝手じゃ。遠慮なく盗め。盗んだら乗って帰れ。引くより早い。お屋形さまは大の馬好きじゃ。よき馬奪えばご褒美《ほうび》が出る。出なくとも後に馬市で高値で売れる。将の首取るばかりが殊勲ではない。腕で敵将を討てぬ者は、馬盗《と》りの方がはるかに易《やさ》しいし、儲《もう》かるぞ」

　部下は、「儲かる」と言われて目《め》の色を変えた。

　その他、灰やカラシの目潰《つぶ》しから投石の仕方、火の保存、火打、特殊な付け木の作り方、食糧の保存方法まで、自分が〈山の民〉の集団訓練で教わった「ミシリ（身知）」の武術を、すべて惜しげもなく伝えてきたのである。

「この調練を続け、さらにできれば本当の槍の使い方も、俺のいない間に教えておいて欲しいのだ」

　藤吉郎は、小六と小右衛門の二人を等分に見比べながら言った。

「わかった。それはいいが、藤吉郎殿、おぬしはどうするのだ」

「拙者か」

にやりと笑って藤吉郎は答えた。

「拙者は旅に出る」

「ほう、行き先は」

「それは言えぬ」

「駿河《するが》か」

二月の上洛後、京を脱出して帰国した信長を、今川義元が、改めて討伐の軍を進めるという噂《うわさ》がしきりだった。

「まあ色々だ」

藤吉郎は言葉を濁《にご》した。

「では、いつ頃までじゃ」

「それも解らぬ。折角様《さま》になったこの髻《もとどり》だが、これも切る積もりじゃ」

藤吉郎は、ポンと頭を叩《たた》いて、屈託なく笑った。

「そんなに長くなるのか」

「うむ。ゆっくり宿場、宿場に逗留《とうりゅう》する。特に三河との国境いをよく見て回る。帰りは早くとも長月（九月）の末になろう」

「で、信長公のお許しは？」

「頂いておる。それに手許金《てもときん》（機密費）も、たっぷり頂戴《ちょうだい》した。だが、本当のところは、そんなに路銀は要らぬ。その半金以上をおぬしら二人に預けておきたい。拙者は道中また針売りになる積もりじゃでな」

「ほう、針売りか。懐《なつ》かしいじゃろう。藤吉郎殿の得意の商売じゃでな」

「うむ。十五の歳《とし》から五年近くやった行商だからな。今もこの商売には自信がある。荷は小さいが利幅が大きい。拙者のような小男にはうってつけの仕事じゃ。それになごと話す機会が多かったしな」

藤吉郎は片目をつぶってにやりと笑った。

「それで結構もてたと聞いたが」

「まあな」

藤吉郎は、曖昧《あいまい》に言って逃げた。

小男で容貌《ようぼう》にも恵まれないが、意外に、もてたのは事実である。針売りで小金を持っていたせいであった。

たかが農家や町衆の女房や娘相手の小さな商売だが、それだけに利幅が大きいのが魅力だった。

ちなみに、日本に木綿《もめん》が渡来したのは、この頃から七百年以上も前のことである。だが、当時の綿種は一旦《いったん》途絶えたという。日本に木綿が再渡来したのは、室町初期。一般に普及したのは室町末期と比較的新しい。

従って、麻布、太布《ふとぬの》、藤布《ふじぬの》などの厚地用の針は、すでに普及していたが、当時、まだ木綿針の普及度は低かった。

針はどの村でも野鍛冶《かじ》が作った。しかし、農機具を作る鍛冶屋の大雑把《おおざっぱ》な技では、針のような繊細な仕上げ加工には限界があった。

いきおい針専門の職人が各地に誕生した。特に京の姉小路《あねがこうじ》針、播磨《はりま》針が有名であった。この他、大坂、越中、筑紫《ちくし》などの針も、女たちの垂涎《すいぜん》の高級品であった。

藤吉郎は、これらの針を巧みに仕入れては、東海地区を中心に売りまくった。持って生まれた愛嬌《あいきよう》と言葉巧みな売り込みの弁舌も女たちの心をとらえた。

「隠れ日吉《ひよし》（当時の名前）人気」は、今もまだまだ残っているはずだ。

「藤吉郎殿の事情は解《わか》った」

小六と小右衛門は口を揃《そろ》えた。

「で、こちらはどうしたらいい。藤吉郎殿の部下の調練だけでは、わしらは仕事として物足りぬが」

「そうこなくては、わしの部下にはなれぬぞ」

藤吉郎は、得意そうにすこし肩をそびやかしてから、改めて声を落とした。

「さて、そこでじゃ。まずそなた等の手の者から二十人から三十人ほどの集団を八組作ってもらおうか。その当座の費用はこれから支払え」

藤吉郎は、腰の胴巻きから、どさっと砂金の袋を出して、目の前に置いた。

「そして、そのうち四組は諸輪《もろわ》、傍示本《ぼうじもと》、祐福寺《ゆうふくじ》、桶狭間《おけはざま》などの村長《むらおさ》に預けよ。あくまで、和平となって若い者に飯を食わせられぬゆえ、手に職をつけたいので頼むと言え。そして、まともな農夫に仕立てるのじゃ。言葉遣い、物腰、農の知識のすべてを身につけさせて貰《もら》いたい。髪も農夫らしゅう繕《つくろ》わせよ」

「後の四組はどうするのじゃ」

小右衛門が膝《ひざ》を乗り出した。話に乗ってきた証拠だ。つい先ほどまでの、しょげた顔は消えていた。

「うち一組は、先の四ヶ所に新しい茶屋を建て、茶屋の主人と下男に仕立ててくれ。残る三組には道化《どうけ》の道を教え込むのだ」

「道化？」

「さよう。尾張万歳、傀儡師《くぐつし》、田楽の集団を、速成で育ててくれ。学ぶために外から人を引っ張ってくることも一向に構わぬ」

「物要りじゃな」

「どうしても追加の費用が必要なら、さらにお屋形さまのお手許金を清洲城の納戸《なんど》係から別途貰え。話はすでにとおしてある。心配するな」

「解った。それは助かる」

「しかし、絶対に他言無用ぞ。目的はあくまで、おぬしらの手の者の維持、救済だ。織田家からみれば、そなたらは仇敵《きゅうてき》じゃ。その旧本家筋の手の者の懐柔策であり、そのための費用じゃ。さよう心得よ。その積もりで大事に使うのだ。手下にもそう言って恩を売れ。農夫の仕事を学ぶのを嫌うような者は、即座に宮後を去らせよ」

「で、この訓練の目的はなんだ」

「それは言わぬが華《はな》よ」

「まさか、そんな小手先のごまかしで今川勢の侵攻の裏をかこうと言うのではあるまいな」

「かも知れぬ。そうでないかも知れぬ。今川勢には、武田《たけだ》家の忍び衆が大勢移ってきている。小六殿の言われるように、この程度の小手先で騙《だま》せる相手とは思わぬ。それは先刻承知じゃ。拙者は、その上を行く積もりじゃ。まあ果報は寝て待っておれ」

藤吉郎は、ふふふと、笑いでごまかした。

そして、ふいに立ち上がると、今度は、とんでもないことを言いだしたのである。

3

「それはそうと、小六殿。おぬしの手筋のどこぞに、わしのいい嫁御《よめご》になるような女はおらぬかな」

「なんじゃ。急に話を変えてからに。それに藤吉郎殿がそんなことを言うとはどういう風の吹き廻しじゃ。今まで何度嫁の世話をしようとしても、いつも横を向いていたではないか。本気で言うのか」

「いや、あくまで話としてだがな。実は、昨日、この視察の旅の件で、直々お屋形さまにお目にかかった時、妙なことを言われたのでな。それで訊《たず》ねるのだ」

「なんと言われた」

　小六も興味津々《しんしん》膝を乗り出した。

「お屋形さまは突然、藤吉郎、そなたまだ独り者か、と言われた」

　実際は、口の悪い信長から「藤吉郎」でなく、「猿」と言われたのだが、それは伏せた。

「それで、藤吉郎殿はなんと答えたのじゃ？」

「はい、まだでございます。すると、お屋形さまは、独り者はいかん。好かぬと言われた。なぜかのう」

「わははは」

　今度は小六が笑い出した。

「それ、それ、そこが宮仕えの辛《つら》く、悲しいところじゃ」

「というと？」

「独り者は信用できぬのじゃ。まして藤吉郎殿のような機密の仕事に携わる者は、妻子がなくては信用できぬ」

「なぜじゃ。解らぬ」

「決まっているではないか。わしも、この小さな村を預かっていると、自分でもそう考える時がある。独り者と妻子ある者と、どちらを重く用いたいか。それは妻子ある者じゃ。独身者は、才がいくらあっても、できるだけ妻子あるものを使いたい」

「ほう、そなたでもそうか」

「そうじゃ。使う者の身になれば、部下の妻子が地元に居るのは、証人（人質）を取ったのと同じじゃからな。だからその部下は遠い戦場でも主人を裏切らぬ。裏切ろうとしても妻子への情が絡《から》んでなかなかに裏切れぬ」

藤吉郎は、あっと声を上げるところを、かろうじてこらえた。

（使う者は、なんと身勝手なことを考えるものじゃな）

これだけ献身しても、なおその程度にしか、お屋形さまは、この俺を信じていないのか。

そう思うと情けなかった。

「やはり身を固めねばならぬか」

「その方が、一段と信長公のお覚えもよくなる。間違いなくな」

小六は忠告した。

が、藤吉郎は叫んだ。

「糞《くそ》！ そんなことだったのか。面白うもないわい」

言い終わると、藤吉郎は、そそくさと立ち上がった。

「詰まらぬ、帰る。夕刻、今日の件で納戸衆と会わねばならぬ。明日は早立ちじゃし」

小六には言わなかったが、旅立つ前に、長い不在で心配かけぬようにと、母を訪ねる積もりだった。

それに折角整った髻を切る前に、一度は、自分の武士になった勇姿を故郷の母に見せておきたかったのである。

「帰る。クソ面白くもないわい」

藤吉郎は、もう一度叫んだ。

宮後村からの帰路、藤吉郎は悲しかった。

独り身では、どれほど献身しても、全幅の信頼をおけない。そんな心ないことを言った信長さまが情けなかった。いたたまれない気持ちで一杯だった。

「それなら嫁を貰えばいい」

小六は、あっさり言った。

「が、しかし……、それができるくらいなら苦労はせぬわ。今の俺ではできないのだ。

なあ、そうだろう藤吉郎殿」

藤吉郎は自問自答を続けた。


女は好きだ。

むしろ好色な方だった。

だが、嫁を貰うとなると二の足を踏みたくなる。

藤吉郎には、心に秘めた、二つの自戒があった。

一つは、決して卑《いや》しい女との間に子をなしてはならない、という〈山の民〉の命ずる掟《おきて》である。

これは、〈山の民〉の子として、十三歳から丸二年、丹波の集団訓練で受けたミシリ（身知）の武術と共に教え込まれたものである。

〈山の民〉は、里に下った仲間を三代まで、教育を施し、自分たちの伝承を秘《ひそ》かに守る仕来《しきた》りになっている。

小六や小右衛門は、尾張に定着した四代目で、この教育を直接受けていない。だから藤吉郎の守る掟をよく知らないのである。

伝承によれば、〈山の民〉とは、平安中期の摂政《せっしょう》関白藤原道隆《みちたか》を祖とする——それもその庶子道宗《みちむね》の血統を指すという。

道隆は生来の大酒飲みで、酒が嵩《こう》じて病を得、関白再任後、わずか二年で病没したという。

脳卒中だったらしい。

そのため、摂政関白の地位を弟道長に奪われた。

兄道隆、道兼の死去により、三十歳の若さで内覧の宣旨を受けた道長は、以後三十年余に亘《わた》って栄耀《えいよう》栄華を極めた。

この栄華の陰で、兄一族は、道長に疎《うと》んじられ、歴史から抹殺された。ましてや道宗は、その道隆の庶子である。酒の上で、道隆が巫山戯《ふざけ》半分、犯すようにして作った子で、相手は名も判《わか》らぬ卑しい出自の女だったという。

道宗の運命は、道隆の庶子という一段低い身分と母の卑しい出自ゆえに、さらに苛《か》酷《こく》だった。

道長に追われて京を捨て、丹波山中への脱走となったのは、このためである。

そこから得た教訓。

それが、決して卑しい女に近づくな、という逆の戒律となった。

後年、藤吉郎は、出世して一時「藤原秀吉《ひでよし》」を名乗り、関白の栄華を五男道長の系統から奪い返した。

これを、ただの成り上がり者が「藤原氏」を僭称《せんしょう》したと解するのは、秀吉の出自の秘密を知らぬ者の謂《い》いである。

秀吉にいわせれば話は逆。関白職を奪ったのは道長の血統である。

だから秀吉は生涯、

「身分の低い女を相手としてはならない」

という「ミチムネ伝説」の命ずる〈上姪好《じょういん》み〉を守った。

この点では信長、家康《いえやす》と一線を画していたのである。

〈山の民〉藤吉郎は、その子孫としては、滅多な女を妻に迎えることはできない。してはならない。

そこから藤吉郎の第二の自戒、

「俺の嫁御は、お屋形さまの妹市さま。それ以外の女は嫁にはせぬ」

となる。

市、この時十三歳。まだあどけなさは残るが、その貴質と美貌《びぼう》は、すでに近隣にとどろいていた。

俗に「一目惚《ぼ》れ」という。

が、藤吉郎の場合は、自分はまだ清洲城の二階をはいずる足軽頭。

相手は城のはるか上層の佳人。

顔を合わせることすらできない。

わずかに、市の外出時、女乗物に乗る一瞬、その横顔を垣間見《かいまみ》たことが数度あるだけである。

しかし、〈山の民〉の系譜としては、

「妻には高貴の血筋の女を求めよ」

という戒律の血が騒ぐのである。

これも藤吉郎が独身を守ってきた秘密であった。

「此度《こたび》の今川との謀略戦こそ、その御褒美《ごほうび》に市さまを頂く最後の機会」

藤吉郎は、秘かにそう信じていた。

夕日を頬に浴びて、宮後村を後にした藤吉郎の心は複雑だった。

願えば叶《かな》うと信じたい。

が、お屋形さまの、あの冷ややかな視線を思い出すと、市さまを頂く自信が揺らぐのである。

前途はあまりにも遠く見えた。

途中、カラスが、そんな藤吉郎の揺れる心情をあざ笑うかのように一声鳴いて飛び去った。

「今にみてろ」

藤吉郎は、カラスの姿を追っては、血の出るほどに唇を嚙《か》むしかなかった。

4

翌日早朝。

藤吉郎は、予定通り、荷駄一頭に小人五人を従えて故郷中村に向かった。

身分は足軽頭に過ぎないが、昨冬以来「薪《たきぎ》奉行」を補佐し、織田家の薪炭の費用を半減させた功績を認められて、信長からは、特別に騎馬の往来を認められている。

もっとも、藤吉郎は、許されようが許されまいが、以前から平気で乗馬で領内を移動していた。

傍若無人の振る舞いだが、乗馬の技では、背こそ低いが、誰にも負けない。そんな特技が通用しないなら、それは、認めない方が悪いと信じている。だから部下にも平気で乗馬を教えた。皆、この数ヶ月で見る見るうちに上達した。

人は皆、その地位より一つ上のことをさせれば、目の色が変わる。

一つ下のことをさせれば、目まで死んでしまう。

この下積みの心情を、藤吉郎は、いやというほど自分の過去の体験から知っていたのである。

濃尾平野はとてつもなく広い。

木陰一つなく、陽光もきつかった。

考えれば、今日が「木下」の姓を名乗ってから最初のふるさと帰りであった。

木下。

この姓は父が秘かに隠し持っていたものである。

父の家系は〈山の民〉の間では「樹陰《このかげ》」を名乗っていたという。

これを父は「木下」に変えた。

「樹陰は暗いし書くのに難しい」

それが理由だと、母なかから、幼い頃に聞いたことがある。

しかし、農夫の分際では「姓」を称することは許されない。

秘かに隠したまま父は死んだ。

近隣の野武士同士の小競《こぜ》り合いにかり出された時、受けた鉄炮《てつぽう》傷が悪化し、高熱にうなされての悶死《もんし》だった。藤吉郎八歳の時のことである。


「木下の方がすっきりしてよい。部下も覚え易《やす》い」

藤吉郎は、足軽頭になって、父の残した木下を襲名した。

（しばらくは木下でいい。部下が大将の姓名を覚え易いことが第一である）

部下掌握最優先の男は、そう考えてここまできた。

（しかし……）

これもいずれもう一度変えねばならない。

そう思い始めている。

（第一、木下では言葉に重みがない。それに字数が多すぎる）

字数とは漢字ではない。藤吉郎の場合、カナ文字の数である。

（柴田《しばた》、佐久間《さくま》、林ら元老たちの苗字《みようじ》は、すべて三字ではないか。俺は四字だ。それに藤吉郎も、すこし長すぎる。だから「猿」などといわれるのかも知れぬ。いずれ考

えねばならぬ）

そこまでで思考を中断させた。

中村は、もうすぐだ。

藤吉郎は従者に告げた。

「俺は、ちと先に行く。そなたらは後からゆっくり参れ。母者と内々積もる話もあるでな。嫁を貰《もら》えなどという話を、そなたらに聞かれたくないからの」

「しかし、殿のお屋敷を拙者ら存じませぬが」

従者は口を揃《そろ》えて言った。

「はははは。お屋敷か。中村に行って誰にでも訊《たず》ねるがよい。一番小さい、汚い家はどこじゃと。そういえばすぐわかる」

藤吉郎は、大音声《だいおんじょう》で笑った。

そういうあっけらかんとしたところが、この男の取り柄だった。

尾張国愛知郡中村。

当時、一面の湿地帯だった。

そこに藤吉郎のいう粗末な板葺《ぶ》きの小屋が幾つも点在していた。

その一つに、藤吉郎は、馬から下りて、ずいと入り、上がりがまちにどかっと座った。

すでに継父の茶坊主《ちゃぼうず》筑阿弥《ちくあみ》は亡《な》く、遠慮する者はいない。

「オッ母《かあ》、日吉だがや」

藤吉郎の大声が響いた。

その声に、粟《あわ》と大根の切り干しをいれた大笊《ざる》を抱えた中年の女が飛び出してきた。

母のなかである。

まだ四十代の半ばの筈《はず》だが、ふっくらとした丸顔は真っ黒に日焼けして渋紙のようだ。

今日、藤吉郎が来ることは、カナ書きの手紙で知らせてあった。だが、息子が、まさか馬に乗った侍姿で来るとは思っていなかったらしい。

なかは仰天した。

「なんじゃい。そのどえりゃあ格好は！」

「侍になってから、こげん格好しとるんじゃ。それより、かかこそなんじゃ、まだ粟さ食ってるかや」

「なに、おみゃあのお蔭《かげ》で、たつき（生活）では楽させてもらっとるがや」

「そうじゃろう、そうじゃろう。充分オッ母には送っとるがや」

藤吉郎の言葉に、なかは何度も頷《うなず》いた。

やがて追ってきた従者の荷駄が着くと、藤吉郎の大声は、土産物の話で一段と大きくなった。

荷駄の中からは、母と姉おつみの着物、半纏《はんてん》、かんざし、薬草袋。

妹に与える着物と帯、そして下駄《げた》。

また弟小竹《こちく》には、関の小刀に青ざしの銭一貫。

それらが雑嚢《ざつのう》から福袋のようにざらざらと流れ出た。

裏に引っ込んでいて顔を出せなかった妹と弟も、出てこないわけにはいかないような心のこもった土産であった。

ひとしきり土産物の話が終わると、藤吉郎は母に言った。

「ととが亡《な》くなってすでに十七年たってもうた。光明寺でお経の一つも上げてもろうたかや。なあ、オッ母」

近在の光明寺は、幼児期、継父に憎まれ、追い出されて預けられた寺である。そこでも日吉は虐待《ぎやくたい》されて、碌《ろく》に飯にもありつけなかった。

今年の春、出世して足軽頭になったとき、噂《うわさ》を聞きつけた住持の方からやってきて過去を詫《わ》びた。

藤吉郎は苦笑いして、住持を許し、多額の金まで与えている。

藤吉郎の家のことなら、なんでも言うことを聞いてくれる筈だ。

だが、なかは済まなそうに頭を横に振った。十七回忌を忘れていたのである。

「駄目じゃ。そげなことでは駄目じゃぞ、オッ母。はよう寺でお経を上げてもろうてくれ」

藤吉郎は、この頃、信長に感化されて神仏を信じなかった。地獄、極楽の説法を笑う男だった。しかし、奇妙に父の霊だけは信じた。

「寺に、ととの墓はあるか」

とも訊《き》いた。

今度も、なかは黙って頭を横に振った。

当時の庶民は、個々に墓を持たなかった。もてなかったのである。家の裏手の藪《やぶ》に勝手に墓を作るか、寺参りが即先祖供養《くよう》であった。

墓は権力者や金持ちだけの物であった。

「そうか。ではいまに俺が、とのために、でっきゃあ墓を建ててやる。そうじゃ墓は京がいいな」

「京ってなんじゃ」

家人は、けげんな顔である。

「知らぬか。この国の都だ。美しいところだ。水も山もきれいじゃ。お屋形さまは、そこに織田家のために、でっかい寺を建てなさったそうだ。そこに我等も墓を建てる。そこの清玉《せいぎょく》という偉い坊様に、二十三回忌には、きっとお経を上げてもらおうぞ」

「そげな遠くでは、盆・暮れに、お参りに行かれぬがや」

「行くのではない。いずれそこに住むのだがや。京に」

「住むって言われても、そんな」

なかには、その意味が理解できない。なかにとっては、尾張中村だけが世界なのである。

「俺はな」

藤吉郎は、母の困惑を無視して叫んだ。

「ととの墓を建てねば気持ちが収まらぬ。俺には、いつも背中に、ととがついている。今も守ってもろうている気がする。そのお礼がしたいのじゃ」

実感だった。針売りの頃から、どんな危険な旅に出ても、父が背後についていてくれるから大丈夫。そんな素朴な祖先信仰を持っていた。

この信仰は、多分に藤吉郎の父への尊敬からきていた。

父弥右衛門は教育熱心だった。

「男は顔で生きるのではない。耳と耳との間の頭で生きるのじゃ。特にそなたは、身体《からだ》が小さそうだ。これからは算学で身を立てるがいい」

父は、日吉の小さい時から言い続けた。叱《しか》る時も、決して頭は打たなかった。子の耳と耳との間にあるのは財産なのだ。それを傷《いた》めるようなことを父はしてはならないというのが、その理由であった。

藤吉郎は、六歳の年の誕生日から父の指導で、じさん（足し算）、ひきさん（引き算）の稽古《けいこ》を始めた。

七歳からは、かけ算、見一無頭算《けんいちむとうざん》（割り算）へと進んだ。

この基礎があったお蔭で、後に大坂で「算盤《そろばん》」と出会った時、いち早く算盤の技を習得することができたのである。

なかは息子の父への想《おも》いをじっと下を向いて聞き入っていた。

消え入りたい気持ちだった。

生活のためとはいえ、弥右衛門の死後、茶坊主の筑阿弥と再婚したことが、今となっては気が滅入《めい》る。

立派になった藤吉郎の顔をまともには見ることができないのである。

おずおずと、なかは訊ねた。

「一つ、念のために聞くだが……」

「なんじゃ、オッ母」

「日吉、こげに立派になったが、まだ独り者きゃあも」

藤吉郎は黙って頷いた。

この答えは、来る途中、散々考えてきた台詞《せりふ》である。

「かかは一生ものじゃ。軽々にはもらえぬ。偉くなれば星のように話は降ってくるわ。それをじっと待つ」

ちらり、城から出掛ける市さまの姿が目の前に現れ、そして、すっと消えた。

「それよりオッ母、さっきから気になっとったが、なにか臭いぞ」

藤吉郎は、くん、くん鼻を鳴らして奥の突き当たりの厨《くりや》に入った。

奥といっても二間（約四メートル、一間＝二・一メートル）で突き抜ける。

そんな厨から妙な匂《にお》いが伝わってくるのである。

「ああ、そうだった。藪戸《やぶど》の船右衛門がの、豊浜《とよはま》でとれたものだと言って大きな焼き魚を持ってきてくれた。今日のために取っておいたのだが」

「どこじゃ、それは」

「厨の納戸《なんど》の中じゃが」

納戸を開けると、魚の腐った臭《にお》いがむっと立ちこめた。

見ると、目の下三寸もありそうな立派な鯛《たい》の塩焼きだった。

「しかし、臭いぞ。いつ頃のものじゃ」

「十日ぐらい前じゃ」

「いくら〈腐っても鯛〉といっても、これでは食えぬ。捨てろや、オッ母。俺が新鮮な鯛など、いくらも買《こ》うてやるけに。なぜ後生大事に取っておいたのじゃ」

「おみゃあが来ないうちに食べたら罰が当たる思うてな」

「なぜじゃ。俺に遠慮などせんと、さっさと食えばよかに。それに船右衛門とやら、なんでこんな物をオッ母に寄越すのだ」

「なんでもそこの娘婿《むすめむこ》が、この正月、えらくおみゃあに世話になったというたがや。それからは、毎月欠かさず豊浜の魚を送ってくれるようになったのじゃが。一体、日吉のとこで、なにがあったのじゃ」

「知らぬな。その娘婿、名はなんというたか」

「確か船七と」

「船七？　ああ、もしかするとあの時の事件の男かな」

藤吉郎は大きく頷いた。

6

今年の元旦《がんたん》。

清洲城で、些細《ささい》な事件が起きた。

例年催される織田家の新年祝賀の席でのことである。

二月に予定される上洛《じょうらく》の下準備もあり、今年の祝宴は、ごく内輪だけのものとなった。

場所は清洲城一階の信長の常御所《つねのごしょ》。

招かれたのは、佐久間、柴田、林といった古参の家老職の他主立った武将約二十数名である。

宴《うたげ》の前、威儀を正して座る面々の前に、着飾った女童《めらわ》たちによって次々と高坏《たかつき》と膳《ぜん》が運び込まれた。

高坏も膳も、正月用の黒塗りに鶴《つる》の舞を黄金色で描いた逸品ぞろいである。

高坏には御酒《ごしゅ》。

各人の膳には二汁五菜の料理。

膳には唐様塗りの箸《はし》が載っていた。いや載っている筈だった。

ところが肝心の主君信長の膳部の箸だけが、なぜか一本しかなかったのである。

原因は全くわからない。

後から考えると、今川家の女忍びの、いやがらせ――上洛への警告――だったのかもしれない。

癇癖《かんぺき》な信長は、自分の配膳に箸の欠けているのを見て、かっとなり、青筋を立てた。

(縁起でもない)

というわけである。

さすがに運んできた女童たちにまでは怒りをぶつけなかった。

女童は、皆、息のかからないように口を白布で覆《おお》い、言われた高坏と膳を、腕を高く捧《ささ》げて運んだだけである。途中、箸が一本足りないことに気付くのには無理がある。明らかに、運ばせた配膳係の失態であった。お屋形さまから、即刻呼び出しがかかった。

信長は刀を杖《つえ》がわりにして立っている。これを見て、出席した家来一同は肝を潰《つぶ》した。

この配膳係の長が船七だったのである。

この時、藤吉郎は、地階（一階）の組頭溜《だ》まりで足軽仲間と、ささやかな酒宴中であった。この後、上役への挨拶《あいさつ》回りをせねばならないため、すでに宴も半ばを過ぎていた。

「なに、お屋形さまが抜刀されたと！」

地階での諜報《ちょうほう》は、一歩先んじて、大袈裟《おおげさ》に伝わる。

「なんじゃ、なんじゃ。なにがあったのだ」

藤吉郎は、いち早く、この騒動の原因を聞いて回った。

だが、聞き回るより早く、当の船七が、恐怖のあまり常御所の配膳控室から地階へと転げるように逃げてきたのである。

「なんじゃ船七。おみゃあか」

中村の頃は、よく虐《いじ》められては、藤吉郎の陰にかくれて泣いていた気弱な子だった。それが伊勢《いせ》豊浜の網元の娘婿となり、やがて大坂に出て仕出し職人になった。しかし、十五歳で故郷を捨てた藤吉郎は、その後のことをしらない。

しかし、顔はどちらも覚えていた。

「日吉、助けてくれ」

「どうしたんじゃ」

「お屋形さまの膳部の箸が一本欠けとったがや。なぜかは知らぬ。そげな筈《はず》はないのだが、途中で一本消えてしもうたのじゃ……」

一瞬、藤吉郎は、

（お屋形さまも大人げないことで怒るものだ）

と思った。

が、この男の俊敏な頭脳は、聞いた瞬間、この事態の収拾《しゅうしゅう》にむけて、まっしぐらに進んでいった。

（そうだ）

と思うと行動の方が速かった。

藤吉郎は、猿のように階段を駆け上がった。途中、近習や茶坊主《ちゃぼうず》が、おろおろして立っていたが、その間を、目にも止まらぬ速さで駆け抜けた。

あっという間に常御所に現れた藤吉郎。持ち前の大音声《だいおんじょう》で叫んだ。

「あいやしばらく。あいやしばらく」

立ち並ぶ面々は、この声の主を捜しあぐねた。大音声ばかりが下の方から聞こえる。だが、視界には声の主は居ない。

「あいや、しばらく」

三度目で、本人の所在が判《わか》った。

子供のような猿顔。それも酒宴の最中だったから、襟もはだけただらしない格好だった。

「なに奴《やつ》」と思いながら、居並ぶ面々は、一瞬、藤吉郎の声に圧倒された。

しかし、信長は藤吉郎の顔をにらみ付けると、

「下郎下がれ」と言っただけで、そっぽを向いた。

当時、まだ藤吉郎は、信長が足繁《しげ》く通う側室——といっても、正室の、お濃《のう》（斎藤道三の娘）には触れたこともないので事実上の正室——吉乃《きつの》の住む生駒《いこま》屋敷の下人であった。

年上の吉乃を狂ったように抱いた後の宴席で、退屈凌《しの》ぎに座興の外術《げじゅつ》（手品）をやらせているだけの小人だったから無理もない。

しかし、藤吉郎は屈しなかった。

「お屋形さま。お刀に手を掛けるなど滅相もございませぬ」

と、叫んだのである。

信長の怒りは、一層膨らんだ。

「下郎、余に説教する気か」

「いえ、違いまする」

「では、なんじゃ」

「お祝いを申し上げげに参ったのでございます」

「なんじゃ、祝いだと」

「はい。元旦早々、一本のお箸とは吉兆にございまする。それだけを申し上げげに、かく参上仕《つかまつ》りました」

「申してみよ。その吉兆とやらを」

「では、そのお刀、お引き下されませ」

「引かぬ。そなたの答えを聞いてからじゃ」

答え如何《いかん》によっては、藤吉郎も切り捨てんばかりの形相だった。

「では申し上げます」

藤吉郎は覚悟した。

「これが吉兆でなくてなんでございましょう」

「くどい。講釈無用」

「お屋形さまの御箸一本は、これから、この国の六十余州を、〈片端＝片箸〉からお召し上がりになるとの吉兆でございます。配膳係の落ち度ではございませぬ。天の、お屋形さまに下された無言のお知らせに相違ございませぬ。拙者の申し上げたきは、これだけでございまする。しからば、ご一同さま、失礼仕りました。これにて御免」

言うが早いか脱兎《だつと》のように地階へと逃げた。

その後のことは知らない。

しかし、これでお屋形さまの怒りが解けたことは、船七が手打ちにならなかったことからも判る。

その後、船七から鮮魚持参で丁重な挨拶のあったことは覚えていた。

お礼の品々は仲間に分けてしまったので、なにを持って来たのかは知らない。

「しかし、ここ中村まできて、オッ母《かあ》に鯛の塩焼きなんぞを届けていたとは知らなんだぞな」

藤吉郎は目を丸くした。

「おみゃあが、お屋形さまと京に上って不在だったとかで、おとうの船右衛門と一緒に、ここに挨拶にお出《い》でてな。おとうは、なんだかしらねえが、この土間で、おいおい泣いてござらしゃった。おみゃあは、なにか船七によきことしたのきゃあも」

「ああ、なにたいしたことではないがな。ほんの座興だがや」

この逸話は、その後再開した酒宴で、秘《ひそ》かに評価が二分した。

一つは、柴田ら元老たちの意見であった。

まずは「収まってよかった」と言いながらも、小人の出過ぎた口出しよ、と笑うだけであった。

片箸＝片端の言葉の機転も、

「大方、あの猿面小僧《づら》の門付け福芸などからの思いつきであろう」

と、一笑に附《ふ》した。

その中にあって、

「たとえ下らぬ頓知《とんち》としても、あの満座の中で、それを咄嗟《とっさ》に思いつき、臆《おく》することなく、お屋形さまに言上するとは、ただ者ではない。我々はどうだったか」

と、舌を巻いた者が一人いた。

丹羽五郎左衛門長秀《にわごろざえもんながひで》である。

この時、二十五歳。信長より一歳年下である。

幼名を万千代といい、当時は、近侍として末席にいた。饗宴《きょうえん》に参加していなかったから、事の経過は、常御所の裏から、つぶさに観察していた。

自分としては、「このような下郎切るは、お刀の汚《けが》れ」と言って飛び出す気持ちだった。

ただ、その勇気があったかどうか。

この些細《ささい》な事件から、長秀は、

「藤吉郎恐るべし」

と、後に織田家中の数少ない藤吉郎の擁護者になるのである。

もう一人。

この話を知って、自分の生涯の転機とした者がいる。

藤吉郎のそばに遠慮がちに座って、兄から土産物を貰《もら》っていた弟小竹。のちの豊臣《とよとみ》秀長《ひでなが》であった。

小竹は天文九年（一五四〇）生まれというから、この時二十歳。

兄と四つ違いである。

兄はどうしようもない、やんちゃ坊主だったが、小竹はおとなしい、なんの特徴もない子だったようだ。

藤吉郎の母なかが再婚した筑阿弥は茶坊主だから、礼儀知らずの日吉をひどく嫌った。

いたずらが過ぎると、日吉の頭を薪《まき》で打ち割るように折檻《せっかん》し、食事を与えなかった。

あばれて手に余る時は、自分が清洲城で働くようになる前に勤めていた光明寺に日吉を放り込んだ。

その間、小竹は、ぬくぬくと暖かい食事と寝間に恵まれていた。

時折、父と自分と妹の食事の団欒《だんらん》を、憎々しげに外から覗《のぞ》いていた兄日吉の目が忘れられないのである。

(もしかしたら復讐《ふくしゅう》されるのではあるまいか。食い物の恨みは恐ろしい)

だから、今、兄日吉の出世が、この弟にとっては複雑な思いだった。

兄からは、手紙で、再三に亘《わた》って「清洲に来て、俺を手伝え」と言われてきた。

だが、二十歳になった今も、兄が恐《こわ》くて、中村を動く気になれなかった。

それが、船七の話を聞いて、

(兄は、そんな昔のことをとやかく言う人ではない)

と、改めて思ったのである。


この夜、久しぶりの一家団欒はその後も長く続いた。

藤吉郎は、従者を早々に光明寺の宿房に宿泊させている。

「今夜は、あの寺で、のびのびと休め。般若湯《はんにゃとう》も用意させた。俺はこのあばら屋で、大根のミソ汁で飯を食って雑魚寝《ざこね》する。大将より部下のそなたらの方が、いい寝所で、いい物を食って休めるのは、この中村だけだぞ」

からからと笑って、部下を解放した。

部下たちが去ると、藤吉郎は筆を取り、残していく兄弟姉妹に、これからの旅の土産の希望を訊《き》き、一々紙に書いて懐《ふところ》にしまった。汚いカナ書きであった。小竹の番になると、厳かに言った。

「おまえは、俺が旅から帰ったら清洲に来るのだ。土産代わりにさせることがある」

「なんでしょうか」

小竹は、恐る恐る訊《たず》ねた。

「元服じゃ」

「げんぷくって？」

「武士になることじゃ」

小竹は顔を染めて頷《うなず》いた。

考えてみれば、自分はまともな元服の式を挙げていない。

（せめて、この弟だけにはまともな式を挙げてやりたい）

「解《わか》ったら寝るぞ。明日も早い。兄はこれから二月ほど清洲から消えるが心配するな。俺の居ない間、代わってオッ母に孝行してくれ。俺は必ず戻る。そして偉くなる。今にそなたも城持ちにしてやるでな」

# 第二章　密偵行

## 1

藤吉郎が針売りの行商に変身し、頭を町人髷《まげ》に結って清洲《きよす》を後にしたのは、八月下旬である。

台風の到来などで出発がすこし遅れた。が、急ぐ旅ではない。

それに、この頃の方が冬物への衣替えを前に、針がよく売れる時期であった。

背中には、昔仕入れたまま残っていた木綿《もめん》針を背負った。背負うといっても嵩張《かさば》るものではない。

さしたる荷にはならなかった。

旅の無事を祈って熱田神宮に詣《もう》でた後、藤吉郎は、ゆっくりと東海道を東進。まず鳴海《なるみ》から、その周辺を偵察して回った。
(ここが一番の問題じゃろう)
藤吉郎が陽光を手かざしでさえぎりながら仰ぎ見たのは鳴海城である。
応永元年(一三九四)、安原備中守《びっちゅうのかみ》宗範が築き、別名「根古屋《ねごや》城」とも呼ばれていた。
標高十一間
東西七十五間
南北三十四間
小さな丘上にある。
すぐその近くを扇川が流れ、三河の動きを展望していち早く察知できる要害の地であった。
信長の父信秀《のぶひで》は、鳴海を近隣との固めの地として重視し、重臣の一人山口左馬助《さまのすけ》教《のり》

者が続出した。

しかし、八年前、信秀の後を継いだ信長に人望がなく、鳴海周辺は今川方に寝返る

織田家きっての豪傑といわれた男である。

継《つ》ぐ

信秀の死後二年たった天文二十二年（一五五三）四月。

山口左馬助も、部下の突き上げと今川方の説得に応じて信長に反旗を上げた。

怒った信長は、ただちに八百の手勢を率いて攻めて来た。

だが、若輩の信長は、遮二無二《しゃにむに》兵を突進させるだけで、戦略も戦法もなかった。大

損害を出して空《むな》しく引き上げている。

以後、鳴海城は、今川家の橋頭堡《きょうとうほ》となったままである。

勢いに乗じた教継は、近隣の大高城《おおだか》も手中に収めた。知多半島の基部をなす場所で、

規模は鳴海城の半分ほどである。

教継と子の九郎次郎教吉《のりよし》は、その後間もなく、駿府《すんぷ》の今川義元の元に招かれ、あっ

けなく殺された。

毒殺との噂《うわさ》が濃厚だった。

駿河《するが》参上の手土産にと、大高城を手に入れたことで、義元に褒められるとでも思っ

たのであろうか。

あるいは再度の寝返りでも疑われたのだろうか。

親子一緒に、のこのこ出掛けたのが軽率だった。

義元は、表面は〈京雅《きょうみや》び好み〉の柔和な男である。だが、一皮むけば、義父の武田我《が》卜斎《ぼくさい》(信虎《のぶとら》、息子晴信《はるのぶ》に甲斐《かい》から放逐され駿河に逐電)ら甲斐軍団の信条とする、〈兵は詭道《きどう》〉を地でいくような謀略好きの武将であった。この素顔を見抜けなかったのであろう。

義元は、鳴海という重要拠点を、寝返ってきた旧敵将に任せておくほど甘い男ではなかったのである。

山口親子を消し去ると、鳴海には、義元の最大最強の腹心といわれる岡部五郎兵衛元信を配し、一層強固な態勢を固めた。

これが、藤吉郎が、針売り姿で立っている、この当時の鳴海情勢である。

(まるで尾張に打ち込まれた鉄のくさびよ。容易には抜けぬわ)

藤吉郎は鳴海城の雄姿を仰ぎ見ながら舌打ちした。

さらに今川の勢力は、この頃、すでに沓掛《くつかけ》城に及んでいた。

こちらは、鳴海城の四倍を超える本格的な古城である。代々近藤家が継ぎ、この当時は、九代近藤景春が当主である。

古くは岡崎の松平広忠《まつだいらひろただ》に仕えた。だが、織田の勢力が及んでは織田方に属し、織田勢の力が衰退した後は、駿河に味方するようになった。駿河への帰属理由は、鳴海城の山口親子が織田を見限ったのと同じ。若輩信長への不信にあった。

宿場、宿場で耳に入る信長の悪評は、藤吉郎の心を暗くした。

尾張では信長は「空《うつ》け」と呼ばれた。文字通り、頭が空《から》——愚かという意味である。

だが、この近辺では「戯《たわ》け」とさげすまれていた。

これは、愚かという意味ではない。文字通り「戯《たわむ》れる」から転じて「近親相姦《そうかん》」を意味した。

男にとって、人倫にもとる最大の侮言であった。

乱暴者の信長は、誰言うとなく「幼い妹を犯した」と信じられていたのである。

妹といえば年頃からみて、多分、市。

ということは、あの天女のような市が、兄信長の毒牙《どくが》にかかった——ということになる。

藤吉郎は信じなかった。

密偵の身でなければ、声を大にして抗議したかった。

だが――。

信長の傅役《おもりやく》平手政秀《まさひで》の自害死（天文二十二年閏《うるう》一月）は、そんな信長への絶望の抗議だ――。

母の土田御前が信長を廃嫡《はいちゃく》し、跡継ぎに弟の信行を据えようとしたのは、そんな信長への愛想尽かしだ――。

などと、もっともらしい理由を並べられると、抗弁のしようがなかった。

まして、この母の行動に怒った信長が、病気と偽って信行を清洲城に招き、謀殺したとなると、信長は「戯《たわ》け」ばかりか、武将の風上にも置けぬ卑怯《ひきょう》者と言われても、仕方がない。

「こんな織田家が長続きする筈《はず》がないではないか」

この近辺の住民は、三河から浸透してきた一向宗信者が多い。

武士も、町人も、農民も、律義《りちぎ》で、間違ったことが嫌いであった。

なによりも人倫を尊んだ。

「火のないところに煙は立たぬ」

そんな噂を立てられるだけでも信長は武将失格の烙印《らくいん》を押されたのである。なかには昂然《こうぜん》と今川領になることを望む者までいた。

藤吉郎は、噂の前で沈黙した。

2

もっとも織田方も、今川の力の侵略に対して、腕をこまねいていたわけではない。

鳴海城に対抗して、扇川に面して中島砦《とりで》を築いた。

今年二月の上洛《じようらく》準備で一時中断したが、今、普請《ふしん》が再開されている。

だが、いつ今川の襲撃を受けるかも知れない。

そのせいか、普請現場には、五十人ほどの人夫の動きはあるが、威勢のいいかけ声は聞こえなかった。

それに、どう贔屓《ひいき》目にみても、一押しで崩れそうな脆弱《ぜいじやく》な砦だった。

藤吉郎は、さらに他の、鷲津《わしづ》、丸根、善照寺、丹下の砦も、腰を据えて見て回った。

鷲津砦

標高十九間

東西二十間

南北二十二間

丸根砦

標高十九間

東西二十間

南北十五間

善照寺砦

標高　平地

東西三十三間

南北二十間

丹下砦

標高　平地
東西四十六間
南北四十三間

いずれも、規模、立地とも似たり寄ったりである。

ほとんどが土嚢《どのう》を積み上げ、上部を板塀で形だけ囲んだような安普請の建屋である。風の強い夜を選んで、藁《わら》や薪《まき》を積んで、下から火でも付ければ、あっと言うまに燃え上がって焼け落ちるだろう。

まして、今川勢の数の前では、ひとたまりもない代物《しろもの》だ。

最後の丹下砦を見て回っていた、ある日の午後のことである。

藤吉郎は何気なく自分の周囲を眺めた。そこに自分と同じような行商が、背中の荷をおろして、うろうろしているのを見た。

今川の細作《さいさく》（間諜《かんちょう》）であろうか。中には、絵描きを装《よそお》って、平気で砦を模写している者もいた。

それも、こそこそではなく堂々と描いている。見とがめる織田方の守備兵もいない。

藤吉郎は、面白半分、そんな絵描きの一人に近づいてみた。

相手は露骨に嫌な顔をして画帳を隠した。

「なにか用か」

男の見上げる目は細く、目線が、ひやりと冷たい感じがした。

「いえ、別に。それにしても、これは、どなたさまのお屋敷でございましょうな」

藤吉郎は、とぼけた。

「お屋敷？ ふん。知らぬな」

相手は、藤吉郎の容貌《ようぼう》と衣裳《いしょう》を見て安心したのか、また画帳を開くと、せっせと絵筆を走らせた。

筆遣いは素人《しろうと》同然だが、ただの風景画でないことは、砦の出入り口ばかりを、計ったように丹念に描いていることから一目で判《わか》った。

「それとも砦でしょうかな」

藤吉郎は覗《のぞ》き込むようにして更に続けた。

「知らぬと言ったら知らぬ」

相手は、いかにもうるさそうに答えた。

「砦にしては頼りなさそうなものですがね」

「そういう貴様は何者なのだ」

「はい、商売柄、全国を歩き、趣味で城巡りをしておりますれば、多少お城には目が肥えておりますでな」

「商売？」

「いやなに、たかが針売りでございますよ。これ、このとおり」

藤吉郎は背の荷物を下ろして、わざとあらいざらい中を覗かせた。商品の木綿針と旅用の洗面用具だけである。

筆も筆帳も一切持たない。

密偵が、報告を書き物の記憶に依存するようでは「下の下」であると信じていた。

藤吉郎は、数字や言葉は、その場で覚えた。数字などは映像化したように頭の中に入った。

無理して覚えなくとも、後からじっと目をつぶれば、自然に再現できた。

城、砦、屋敷などの構造も同じである。一度見れば、必要な時は、そっくりそのまま頭の中から引き出せる。現代でいう「直観像素質者」の一種であった。

「砦にしては小さすぎ、お屋敷にしては、不細工過ぎますな」

藤吉郎の言葉に、相手の男も、つい、つり込まれたようだ。

「全くの子供だましよ」

黄色い歯をみせて笑った。

そこまで聞けば、この男に、もう用はなかった。

「そうですか。子供だまし。なるほど、言い得て妙でございますな」

追従笑いで締めくくった。

藤吉郎も、実は同じように考えていたのである。

本来、砦とは本城、出城の近くにあってこその砦である。

本城、出城のない砦は、さしたる意味をなさない。

藤吉郎は、なぜ、お屋形さまが、こんな詰まらぬ物を造るのかを考えた。が、どう考えても理解できない。

「本気だとすれば、無能の証拠。本気でなく、見せかけだけだとすれば……一体何なのだ」

つまりは「捨て石」か。

そこに気付いた時、藤吉郎は震えがきた。こんな捨て石にされては、部下はたまったものではない。

その思いが、ひょいと宮後村《みやうしろ》に飛んだ。

（そうか。小六も小右衛門も、お屋形さまに仕官しないでよかったのかも知れぬな。仕官していたら、次の今川戦では、真っ先に、ここにかり出されるところだったろう）

新しい帰順組は、最初、忠誠の証《あかし》として先陣し、下手すれば「捨て石」にされる。

これが戦国の残酷な習いである。

藤吉郎は、首筋までひやりとした。

3

この後、藤吉郎の足は桶狭間《おけはざま》山に向かった。東海道からすこしはずれた小高い丘陵である。

昔、何度も、この付近を往来したことがある。だが、いつも素通りだった。

今回は、念のため、ということで、寄ってみることにした。

山の上まで歩きまわって驚いたのは、頂上付近の雑木林の中に、意外に広い平坦《へいたん》な場所があったことである。

側《そば》の藪《やぶ》の中には、きれいな冷たい水まで流れていた。

藤吉郎は小休止し、手ぬぐいを絞って身体《からだ》の汗を拭《ふ》いた。携帯した竹筒の水が生憎《あいにく》空であった。

ひどく喉《のど》が渇いていたが、滅多な生水は呑《の》まない。上流に毒蛇の死骸《しがい》でもあれば、あっという間に毒にやられてしまう。街道に戻るまで我慢するしかなかった。

藤吉郎が、再び身を整えている時、ふと、近くに人影を感じた。

慌《あわ》てて身を伏せて、そっと窺《うかが》う。

どうやら十数人の虚無僧《こむそう》らしい。なにやら、ひそひそと話し合っている様子だ。

だが、今は大事な密偵を続けなくてはならない時。

興味はあったが、多勢に無勢だ。

(触らぬ神に祟《たた》りなし)

と、藤吉郎は、後をも見ずに雑木林を抜け出した。

この後の旅程は速かった。

一路東進し、岡崎、豊川《とよかわ》の視察はあっさり済ませた。

領主の松平元康《まつだいらもとやす》が今川家に人質として取られているため、町は沈滞しきっていた。

見るまでもない。

街道は、ここで二手に分かれる。

藤吉郎は、御油《ごゆ》からの姫街道を取った。三ケ日《みっかび》、気賀《きが》を抜けるこの裏街道沿いは、土質が良く、農家は裕福で資産家が多い。

針売り時代の藤吉郎の顔見知りの家が何軒もあった。

「やっとかぶり（久しぶり）だなも」と陽気な方言でやってくる女たち。

今度も、そんな女たちの思わぬ歓待を受けたのが嬉《うれ》しかった。

ここで、鳴海、沓掛で味わった惨《みじ》めな気持ちを、しばし忘れることができた。

駿府に潜入したのは九月下旬である。だが、ここでの針売りの行商は、まったく期待はずれだった。

「針買わんかぁ、京の木綿針要らんかぁ」

そんな昔の売り声で叫んでみても、町中の女どもは見向きもしない。

四年ほどの行商中断の間に、木綿針は急速に普及し、爆発的な初期需要は終熄《しゅうそく》していたのである。

藤吉郎が農家を回り、木綿針を並べても、寄ってくる娘や女房連中は、さして興味を示さなかった。

逆に文句が出た。

「京の針屋だからいうで来てやったが、なんじゃ、木綿針ばかりか。刺繡《ししゅう》針のいいもんはねえだか」

慌てた藤吉郎は、

「ほんま、あほやった。刺繡針の箱を忘れできたんや。堪忍《かんにん》してや、これこの通りや」

手を合わせて笑いで誤魔化《ごまか》した。

日本刺繡が、この頃全盛期を迎えていたのを知らなかったのである。明《みん》との交流が盛んになり名物裂《めいぶつぎれ》が輸入された影響が大きかった。

それに各地で能楽が盛んで、能楽衣裳の需要が爆発的だった。

この制作に必要な「裏抜き手法」(裏地に縫い糸を回さない縫い方)のために、より織細な長目の刺繡針が強く求められていたのである。

特に駿河では、義元の〈京雅《きょうみや》び好み〉が、刺繡人気に拍車を掛けて盛況だった。

これに便乗した下級公家《くげ》の出稼ぎ——俗に言う「田舎わたらい」——が、町中をぞろぞろ歩いていた。

(やはり商売は継続だ。足だ、足で歩かなくては世間の動きが見えなくなるのだな)

藤吉郎は、今さら本業でもないのに、妙なことで反省した。

しかし、この男には、針の反省を、すぐに密偵の仕事に結びつける頭の柔らかさがあった。

「そうか」

と、ここで膝《ひざ》を打った。

平和
木綿針需要の衰退

と、二つ並べると、駿河の鍛冶屋《かじ》は、今どうなっているのだろう、という興味が、ふっと湧《わ》いたのである。

(小六のように仕事がなくて泣いているのだろうか)

早速調べてみる気になった。

幸い針は鍛冶屋の副業であったから針売りなら近づき易《やす》い。

藤吉郎は、こつこつと鍛冶屋を訪問して歩いて驚いた。

副業の針作りなどやっている所はどこにもなかった。

「なにか用か」

どの鍛冶屋を訪ねても、藤吉郎を胡散《うさん》臭そうに見て作業場の内部を見せてくれなかった。

だが、明らかに現場は活況を呈していた。そこに並んでいたのは、刀剣以外では、おびただしい鉄炮《てつぽう》の銃身や部品類だけだった。

(戦乱に明け暮れていた尾張の方が戦争準備が遅れているのか)

衝撃が走った。

もう一つ、町中の甲斐、信濃《しなの》訛《なま》りの氾濫《はんらん》にも驚いた。それは武田《たけだ》からの大量の人の流入を意味した。

この原因は、もちろん甲斐を追放された武田信虎の存在にある。

追放されて十八年。

娘婿《むすめむこ》の義元の元で剃髪《ていはつ》して我卜斎《がぼくさい》を名乗ってはいるが、決して世捨て人になったわけではない。

この年六十六歳。

まだまだ俗気満々で、できれば若い女を毎晩でも抱いて寝たいような老人であった。

息子に追放を食ったのは、

殺戮《さつりく》意のままにして是非を問わず、土民の怨嗟《えんさ》甚だしき（『武田家文書』）

ためとされるが、これは晴信（後の信玄）側の一方的な記述である。

直接の原因は、信虎が、次子信繁《のぶしげ》を愛し、乱暴者の長子晴信を廃したかったことにある。

織田家と事情は同じ。どこにでもある家庭騒動に過ぎない。

義元は、この二月、将軍義輝《よしてる》と結託。「東海道の邪魔者」信長を、抹殺《まっさつ》しようと試みて失敗した。

今、その捲土重来《けんどじゅうらい》を図っている最中であった。

義元にとって心強いのは、追放劇で信虎の側に立った家臣が晴信の復讐《ふくしゅう》を恐れてどっと駿河に流れ込んできたことである。

彼らは風光明媚《めいび》、気候温暖な駿河の地が気に入り、二度と甲斐に戻ろうとはしなかった。

それは言い換えれば、武田軍団の強さの秘密が、今川に流入し、定着したことを意味した。

では武田軍団の強さとはなにか。それは「飛び抜けた組織力と機動力」である。

これを支えた一つが「黒鍬組《くろくわぐみ》」の存在である。

この頃は、まだ「忍び」という特技集団としての世間的認知はない。

ただの不気味な便利屋だった。

それに、やることが地味だ。

武田軍団の移動とその展開に当たって、事前に天候、気象の変化を予測する。

道路、食糧を含む物資、資財の移動方法などを工夫する。

前途の街道や抜け道を事前に探り、その隘路《あいろ》を取り除いておく。

そんな気象、運輸、土木を得意とする下働き作業の集団であった。

しかし、

「疾《と》きこと風の如《ごと》く」

の武田の旗印は、この黒鍬組なしでは語れない。

この集団の甲斐からの流れ込み部隊が信虎とともに今川勢に育っていたのである。

(質量いずれにおいても、まともに戦っては織田に勝ち目はない)

藤吉郎は、その目で、はっきりと彼我の実力の差を知った。

4

駿河に弱点があるとすればたった一つ。

(今川義元自身よ)

と、藤吉郎は見た。

「義元自身」といっても、義元の戦国武将としての才腕云々《うんぬん》ではない。

大軍を擁しながら、後に信長の急襲を受けてあえなく滅びたこと。

後の徳川幕府の世に「神君」と祭り上げられた家康を、恐れ多くも人質として冷遇したこと。

そんな歴史の後付け評価やら三河衆の偏見で、義元は後世、過小評価されている。

だが義元の行政、法制上の手腕は、越前《えちぜん》朝倉氏――ここも義元同様に過小評価されている――と並んで戦国一流の人物である。

特に法整備のすばらしさでは、為政者としての基礎的学問をしていない信長などは比べものにもならない。

惜しむらくは、武士としての基礎体力と体型に欠陥があったのである。

幼少の頃、早々に家督相続からはずされ、地元善徳寺の僧となり、梅岳承芳《せんがくじょうほう》を称した。

長い間、京の建仁《けんにん》寺、妙心寺で修行している。つまり武道とはあまりにも無縁の存在だった。

僧侶《そうりょ》としての修行が長すぎた結果、義元は極端な短足だった。

俗世に戻ってからは、美食のためこんどは太りすぎた。

我等が殿は短足で太りすぎ。

この噂《うわさ》はまず、

「義元さまは馬がお嫌い」

という噂話から、下々に漏れてきた。

藤吉郎が最初に耳にしたのは、駿府城に近い行商相手の旅籠《はたご》での雑談の最中である。

義元が輿《こし》に乗って通るのを見たという客に、

「なぜ馬ぎらい？」

と訊《き》くと行商の一人が、にやりと笑って囁《ささや》いた。

「とんだ短足なのだ。だから乗馬がお嫌いなのじゃな」

もう一人が、

「それに最近は駕籠《かご》に乗り込むのも、はい出すのも苦しいため、縁台を使う時もあるらしい。俺は見たぞ」

と付け加えた。

「ほう、それはそれは」

「しかし、他言無用だぞ。詰まらぬことを言えば、お主、首が飛ぶぞ」

「わかっとるわい。だが、俺も見たとおりの小男。馬に弱い。同病相憐《あわ》れむというところさ。殿さんが馬を嫌うのもよう解《わか》る。それに馬は頭のいい動物だから、すぐ人の心を読む。近頃は、俺が馬の側《そば》に寄るだけで、ヒヒンと侮《あなど》ってそっぽをむくわ」

「はははは、そうか。だが、天下一のお殿様と、同病相憐れむとは、お前も大きく出たな。まあ一杯いこうか」

「有り難い。俺は、殿さんが俺と同じ悩みがあると聞いて、急に親しみがもてるようになりましたわ」

「しかし、お前さんと駿河の殿さんでは、同じ短足でも月とすっぽんじゃぞ」

「違いない。俺は、板戸で担《かつ》いでくれる者も雇えぬでな。はははは」

藤吉郎はわざと下卑《げび》た笑いで誤魔化した。

同じ短足同士。

同病相憐れむ気持ちは嘘《うそ》ではない。ただ、藤吉郎の場合は、馬に浅く前のめりに乗り、両膝で馬体をぐっと押さえるようにして、短足の欠点を補っている。

人にみられる時だけ無理して直立してみせた。しかし、義元のような大将は、馬上では一切屈《かが》むことは許されないのだろう。

乗馬嫌いになるのも無理はない。

すると——、

（来《きた》るべき尾張攻めでは、義元は何に乗ってやってくるのだろうか。馬が駄目なら駕籠か、それとも輿《こし》か）

となると、これを急襲できさえすれば容易に討ち果たすことができそうだ。

だが、そこまで本陣の守備兵をくぐり抜けて、どうやったら義元に接近できるか。

問題はそこだ。

あれこれ想像をめぐらせていた藤吉郎は、ふと、昔見たある光景を思い出した。

(待てよ、あれはどこだったか——。そうだ、一ノ谷だった)

摂津国《せっつのくに》一ノ谷。

一度だけ京から商売抜きで足を伸ばして、見物したことがある。

寿永三年(一一八四)二月七日。

源義経《よしつね》が、鵯越《ひよどりごえ》の絶壁上から、

「鹿《しか》が降りる坂なれば馬で降りずになんとする」

と、部下を叱咤《しった》し、率先して馬で駆け下って、平家軍の大半を海に追いやったといわれる源平の古戦場。

だが、自分の目と耳で得た、この合戦の真実は、語られるような名場面からはほど遠いものだった。

その時は、

(なんだ、そんなことだったのか、物語などというものは、いい加減なものだな)

程度の失望だった。だが今は違う。自分が当事者の一人として戦う身である。

(もう一度、この目で、あの合戦場を見なくてはならぬ)

と、思った。

摂津は全く逆方向である。

しかし、思い立った時、藤吉郎の足は、すでに西に向かっていた。

そして呟《つぶや》いた。

「路銀が足りぬな。一旦《いったん》帰るか。いや待て。そんな暇はない。そうだ、京室町の旅籠に、銭をたんと預けてあった。あれを使わせてもらうか」

今年の二月、将軍義輝との拝謁《はいえつ》の後、危険を察知して泊まった室町の小さな老舗《しにせ》旅宿。その蔵座敷から抜け穴を通って京を脱出した。

この時、藤吉郎は、持参した織田家の金銀を預けてきた。

将軍と今川の追っ手を振り切っての命からがらの帰国では、そんな重たい金銀を身につけては八風峠《はっぷう》の難所越えはできない。

そう思った末の、苦肉の決断だった。

(あの金が今役に立つ)

急に目の前がぽっかり開けたような気がした。

5

それから一ヶ月余。

十月下旬のある日。

朝から激しい風雨となった。

藤吉郎は、夜陰ひそかに小六の屋敷に戻ってきた。

全身濡《ぬ》れ鼠《ねずみ》であった。

「小六殿。藤吉じゃ、戻ったぞ。はよう開けてくれ」

大声で叫び門扉《もんぴ》を叩《たた》いた。

やっとのことで雨戸が開き、若い者が飛び出してきた。

「遅いぞ、遅いぞ。おお寒《さ》ぶ」

藤吉郎は、ぶつぶつ言いながら、転がるように小六屋敷に飛び込んだ。

びしょびしょの着物と背中の荷を放り出すと、褌《ふんどし》もはずして、いきなり素っ裸になった。

「寒い、なにか着るものを」

歯ががたがた震えて止まらない。

小六が飛んできた。

「なんだ藤吉郎殿か」

「なんだではない。なんとかしてくれ」

小六が、急いで自分の夜着の褞袍《どてら》を脱いで差し出す。

「取り敢《あ》えずこれを……」

出された褞袍を、藤吉郎は、頭からすっぽり被《かぶ》った。

身体《からだ》が埋まってしまうほど大きい。

これでは小六の顔もよく見えない。

だが、残っていた小六の巨体の温《ぬく》もりが救いだった。

小六は、そんな〈褞袍芋虫《どてらいもむし》〉のような藤吉郎を眺めて、げらげら笑った。

「笑いごとではないぞ。外は真冬のような寒さじゃ」

「それなら、囲炉裏《いろり》であたるがいい。今、女どもに粗朶《そだ》を持ってこさせる」

「いや、おぬしの寝所の方がいい。誰にも見られたくないでな」

「しかし、俺の寝所は、ちと、ちらかっておるでな」

「かまわぬ。それともなにか、女でも居るのか」

「うん、まあそれもある」

小六は首をすくめた。

「気の毒だが、女は追い出してくれ。たんと銭でも握らせてな」

「やむを得ぬ。藤吉郎さまの仰《おつしや》ることじゃ。逆らえぬわ」

小六は苦笑して寝所の戸を開いた。

薄暗い閨所《ねやど》。

吹き込む隙間《すきま》風で細い灯心《とうしん》の行燈《あんどん》が揺らいだ。その中から、ぽっと、白い女の裸身が浮かんできた。

どうやら相手は、若いむっちりした女のようだ。

女は枕《まくら》を抱え前を押さえて走り去った。

「寒くなると、ああいうおなごがお好みか。小六殿は」

藤吉郎は女の白い尻《しり》を目で追った。

小六の妻は痩《や》せぎすの色黒な女である。

「まあ、お互い、女の詮索《せんさく》は無しにしようぞ。それに、〈たで食う虫も好きずき〉というではないか」

「違いない」

藤吉郎はからからと笑った。

(それにしても暖かそうな女だな)

女の裸体を見て胸が高鳴ったことで、どうやら震えが収まったようだ。

小六の縕袍を引きずりながら寝所に飛び込むと、藤吉郎は、熊《くま》の皮の敷物にどんと座った。

「時に、またなんで、このような時刻に、しかも風雨の中を」

小六はけげんな顔で訊《たず》ねてきた。

「いや、こんな時だからこそ美濃《みの》からの国境いを無事通れたのじゃ。そうでなければ難しかったぞ」

織田家は、伝統的に、美濃との間の通行の取締りが厳しい。

「というと、おぬし、西から来たのか。駿河ではなかったのか」

小六は呆気《あっけ》にとられたような声を出した。

「西も西。摂津まで行ってきた。途中、針を仕入れに京に回った」

「針？　なにを酔狂な。というと、なにか。持って出た針は売れてしまったのか」

「逆じゃ。売れなくて困ったから刺繍《ししゅう》針に切り替えたのじゃ」

「呆《あき》れたな、藤吉郎殿には。長月（九月）に入ってからは、信長公の筋から毎日のように、藤吉郎はいつ戻るか、のご催促が入っているぞ」

「今川とのことなら、まだ慌《あわ》てることはない。そんなことだと思うからこそ、国境いを抜けて、こっそり帰ってきたのじゃ。いいか、まだお屋形さまには、俺の帰国は内緒だぞ」

「わかった」

「それより、酒を暖めて呑《の》ませてくれ。つまみには漬け物を頼む」

「囲炉裏の残り火の中に、酒を土瓶に入れて暖めてある。それでよいか。漬け物は夕飯で食った残りしかないが勘弁してくれ」

女たちに、夜中過ぎに、漬け物樽《だる》から出させるのが面倒だ、ということであろう。

「それでいい」

小六の持ってきた酒を茶碗《ちゃわん》に注ぐと、藤吉郎は、一気に空けた。ほどよく温《ぬく》んだ酒が、心地よく臓腑《ぞうふ》に浸《し》みた。

「これで人心地がついた。ところで小六殿、まず先におぬしの話から聞きたい。例の部下の八組制のことじゃが」

「ご指示どおり進めている」

小六は大きく頷《うなず》くと、立って寝所の床の間並びの茶簞笥《だんす》に向かい、その隠し扉の引出しから書類の束を持参した。

「これがその名書きじゃ」

言われて藤吉郎は、縕袍の間から首と手を出して覗《のぞ》いた。

とうきちろうさまより
しかんのこと
にんずう 三百人 三十人十くみ
ところ もろわ ぼうじもと ゆうふくじ おけはざま
よび はちすか
くみ ひゃくしょう まんさい くぐつ でんがくし

「おぬしの出掛ける前に言ったとおり、最近の仕事といえば河川工事や、街道の整備、それに砦《とりで》の補修ばかり。それも、百姓や女子供が優先され、こちらには回ってこぬ。そこで、おぬしの言った三十人、八組制は、とんとん拍子に進んだ。実は応募の人数が多くて、組が二つ余計にできたほどだ」

「多いのは一向に構わぬ。金が足りぬなら、今夜持参した荷の中にも金子《きんす》が残っている。そなたに渡してもよいぞ」

京室町の宿に預けた砂金の残りを全部放出する気だった。

「いや、藤吉郎殿のお声がかりで、織田家からの賄《まかな》いは充分じゃ」

「それならよい。続けてくれ」

「といったわけで、増員となった。うち五組はご指示どおり四つの村長《むらおさ》に頼んで農夫の仕事を一から学ばせている。余分の一組は、算勘と読み書きのできる者だけを選んで、もっぱら、田んぼの給排水やら築堤などの特別な知識を学ばせている」

「よし、気の利《き》くことだ。尾張は水の災害の多い所じゃ。築堤の技は農ばかりではない。城造りにも欠かせぬ。いずれ、俺が城持ちになったときに重く用いてやるゆえ、せいぜい励ませよ」

「ほう、藤吉郎殿が城持ちになる？　大きくでたな」

小六は笑った。

「持てぬというのか」

「いや、そうは言わぬが……」

「口は言わぬが、おぬしの顔には、そう書いてあるぞ。だがな、小六殿。俺は、必ず城持ちになる。それも、清洲のようなちっぽけな城は造らぬ」

「しっ。声がでかいぞ」

「声のでかいのは地じゃ。だからそなたの寝所で、女を放り出させてまで話すのじゃ。俺がでっかい城持ちになったら、必ずそなたも清洲以上の城持ちにさせて進ぜる。前野も同じじゃ。約束する」

「有り難い。小右衛門にも伝えておく。涙を流して喜ぶだろう」

「また皮肉をいうか。ところでさっきの話の続きじゃ。後の五組はどうじゃ」

「後は……」

と、言って小六は言葉を濁《にご》した。

「なにか問題があるのか」

「尾張の東の宿場に茶屋を造れというご指示だったが、これはうまくいかぬ」

「なぜじゃ」

「実は、すでに新しい茶屋が続々とできているのじゃ」

「なんだと！　誰の指示じゃ」

「判《わか》らぬ。それも我々よりはるかに立派な物ばかりじゃ。しかも女中までいる。みな若い美女じゃ」

「女忍びか」

「かも知れぬ。隠しているようじゃが、すこし甲斐訛《なま》りがあるようじゃ」

「うむ」

さすがの藤吉郎も唸《うな》った。

「して、最後の道化《どうけ》のほうはどうじゃ」

「これはうまくいっている。すでに玄人《くろうと》はだしの芸ができる」

「そうか」

藤吉郎は、にこりともしなかった。

茶屋がなければ、道化師のたむろする場がないではないか。

「人はみな、同じ頃、同じような事を考えるものじゃな」

ぽつりと、そう呟《つぶや》いた。


この後、明け方まで、藤吉郎は、嚙《か》んで含めるように三河との国境いの情勢や織田方の築いている砦の状況、そして最後に駿河の軍備の活況を語った。

語り終わると、おもむろに忠告した。

「よいか、小六殿。今後、お屋形さまに、どれほどの金を積まれようと、あの近辺の砦の守備に部下を派してはならぬ。このこと前野にも、しかと伝えるのだぞ。よいな」

「解《わか》った」

「行けば全員間違いなく犬死にじゃ。それだけは警告しておくからな」

しかし、自分の摂津行きについては、小六が訊ねても一切答えなかった。

しつこく聞かれると、

「女じゃ。女との縁切りにいった。ただそれだけじゃ」

と、逃げた。

「人に嫁の世話をしてくれと言ったくせに」

小六はぶつぶつ言った。

「だからこそ縁切りに行ったのだ。そう思ってくれ。では俺は寝る。明日は一日中寝《ね》溜《だめ》じゃ。起こすなよ」

6

翌日、藤吉郎は、小六の部屋で一日中眠り続けた。

夕方起きると、大糞《おおぐそ》をたれた後、大飯を食い、終わるとまた寝た。

隣に寝ていた小六は、藤吉郎の大いびきで寝付けないまま、自分の部屋を明け渡す羽目になった。

次の日の朝。

藤吉郎はけろっとした顔で出てきた。そこには、新しい茶屋造りが難しいと聞いて困った顔をした藤吉郎の面影はなかった。

朝飯を三杯お代わりして平らげると、

「小六殿の家の漬け物は旨《うま》いの」

これが最初の挨拶《あいさつ》だった。

「そうか、それはよかった。よきこと聞いたわ。早速女房殿に……」

小六は喜んでいた。近頃、若い女を引っ張り込むため、妻と疎遠《そえん》になっていた。そんな妻との会話のきっかけが出来るとでも思ったのであろうか。

だが、言いかけた時、藤吉郎は、にこにこして、小六を遮った。

「しかし、俺の中村のオッ母《かあ》の漬け物の方がまちっと旨い。その次じゃ。そなたのかの漬け物は」

「そうか。いやそれでよい、お袋のものが誰にも一番よ」

小六は苦笑いした。そんな小六にお構いなく藤吉郎は続けた。

「その日本一の漬け物を、オッ母に言って送らせて進ぜるほどに、小六殿待っておれ」

言い終わると立ち上がった。

「さて、いよいよ前哨戦《ぜんしょう》の開始じゃな」

「前哨戦とは？」

小六が聞き咎《とが》めた。

「いや、なにこっちのことじゃ。では今日一日消えるぞ。後を追うな」

藤吉郎は、ふらりと、行き先も告げずに小六の屋敷を後にした。

藤吉郎の足の向いた先は、宮後村から北東に凡《およ》そ三里（約十二キロ）。信長の側室吉《きつ》乃《の》の住む生駒《いこま》屋敷である。

台風一過、さわやかな気候である。疲れの取れた藤吉郎の健脚は飛ぶように軽かった。

生駒家は、代々馬借《ばしゃく》（運送業）を営むこの地方屈指の豪族である。

それだけに屋敷は広大で、

東西百二十六間

南北百四十八間

周囲は高い土塀が巡らされていた。

吉乃は、この生駒家の娘である。一度は、一族の土田弥平次に嫁いだが、若くして夫を失い、娘一人を連れて実家に戻ったという。

年齢には諸説あり、出戻った時二十二歳（信長より一つ下――『千代女書留』）とも二十九歳（六歳年上――『生駒文書』）ともいう。

推測年齢にかなり幅がある。

これは信長と男女関係が生じた頃、子連れの未亡人で、しかも、かなり年上だったと記述することに、後の天下人信長の伝記として遠慮があったためであろう。

信長より一歳年下とする説が強い。

しかし、母の愛情に欠けていた信長が、政略結婚であった妻（濃姫）を嫌い、この子連れの未亡人吉乃に溺《おぼ》れたとしても、不思議でも不名誉でもあるまい。

信長が女性に求めたのは、女よりむしろ母性であった。

だから、その数多い側室は、すべて胸乳と腰の大きい女。美醜は二の次だった。

美人は吉乃だけである。

恐らく吉乃は、年上、それも、かなりの年上と見るのが正しいと思われる。

そんな吉乃は、信長と男女関係のできた弘治《こうじ》三年（一五五七）に嫡子《ちゃくし》奇妙（後の信《のぶ》忠《ただ》）、さらに昨年、茶筅《ちゃせん》（後の信雄《のぶかつ》）を生んだ。

藤吉郎が訪ねたこの頃は、娘五徳（後の松平信康室）を妊《みごも》っていたと推測される。

そんなことで、吉乃は、身重の身体《からだ》だったが、自分の口ききで取り立てられ、今は出世して足軽頭になった藤吉郎を誇りに思っていたのであろう。

不意の訪問だったが喜んで会ってくれた。

侍女たちにも、

「藤吉じゃ。警戒は要らぬ。お屋形さまからの内々のご使者で参られたのだろう。そなたらは席を外すがよかろう」

と理屈をつけて、異例の二人だけの対面となった。

藤吉郎は、吉乃の前に出ると、手土産の京の刺繍《ししゆう》針を差し出して平伏した。一昨夜の風雨の中を、雨に濡《ぬ》らさぬようにと、油紙に包んで大事に持参したものである。

「御台《みだい》さま——」

藤吉郎は、「お方さま」と呼ばずに、もう一段上の呼称で、吉乃を呼ぶことにしている。

「——ご無沙汰《ぶさた》でございました。お変わりなくお過ごしのご様子、嬉《うれ》しく存じます。と申す拙者《せつしや》の方は、折角、この春、武士にお取り立ていただき、髷《まげ》が整うたところで、御台さまにお会い致したかったのでござるが、生憎《あいにく》、これこの通り、ちとお見苦しうなりましてな」

と、頭巾《ずきん》を取った。

髻《もとどり》を切った町人髷がでてきた。

吉乃は、そんな藤吉郎を、にこにこして眺めながら訊《たず》ねた。

「なにか特別なご用を賜ったのですね。今年の上洛《じようらく》の折のように」

「はい、さようで。此度《こたび》は更に特別も特別。内容は申しかねますが、とびきり重要なお役目でございました。それゆえ、また二ヶ月ほど針売りをして参りました。しかし、この土産の針は、商売ものではございませぬ。拙者、最初から、御台さま用にと、とっておいた、これまた特別も特別の別注品でございます」

そんな口八丁の宣伝に、吉乃は、針を手にとって無邪気に喜んでいた。

「とても使い良さそうな針。大事にいたしましょうぞ」

「有り難うございます。そう仰《おつしや》られると、それこそ私めにとっては針変じて気分の〈張り〉となりまする」

「ほほほ、相変わらず面白い機転を言われますね」

「しかし、お屋形さまには、この針のご報告は無用にねがいます」

「どうしてじゃ」

「まだ、帰ったこと、ご報告しておりませぬ」

「なぜせぬ。わらわの所よりお仕事の方が先ではないか？」

「それは解っております。しかし、報告の内容が、ちと芳《かんば》しくなく、申し上げるのが恐ろしう御座いまして」

「ほほほ、そなたらしうもない」

「いや、いや本当でございます。それゆえ、お会いする前に、近頃のお屋形さまのご様子など、ちっと承ってから参ろうかと存じて、実は今日は忍びで参りました次第。

よしなにお含みおき願います」

「解りました。決してお屋形さまに申し上げませぬ」

「有り難き幸せにございます。それでお屋形さまの、この頃のご様子ですが、如何《いかが》でございますか。ご機嫌麗《うるわ》しうござりましょうか」

吉乃をじっと見つめた。

「さあ、なんと申せばよいのやら」

吉乃の顔に、うっすらと影がさした。

「と、申されますと」

「わらわが、このような身重だからかも知れませぬ。が、近頃、御出《おいで》の間が遠くなられました」

と、ぽっと顔を染めた。

藤吉郎は、

(ははぁ)

と、思った。

長男（信忠）の当時は、藤吉郎は知らない。だが小姓たちに聞くと、吉乃の懐妊中も、お屋形さまは足繁《しげ》く通ってこられたそうだ。

次男（信雄）の時は、この目で知っている。

それが、三人目の今は違う。

ということは——吉乃に厭《あ》いたか。

いやそうではあるまい。なにか心に蟠《わだかま》りがあるということだろう。

藤吉郎が、針売りの得意先の一つであった生駒屋敷に、小人として働く決心をして四年である。

仕える気になった理由は、なによりも信長の若さにあった。

そこに無限の可能性を見た。

それともう一つ。

これは誰にも言わないが、信長の眼差《まなざ》しが、異様な「三白眼《さんぱくがん》」だったことである。

三白眼は、中国では覇王の目。

日本でも、下克上《げこくじょう》（＝自分より上の者の地位を奪うこと）の主として嫌われる目つきだ。

それを、藤吉郎は、「面白い」と考えた。いつもの、何でも見てやろう、見てみたい、という気持ちからであった。

仕えた当時、信長は生駒屋敷に三日にあげずやってきた。

やってくると、いきなり、ずかずかと奥の吉乃の部屋に入ったまま、一刻《いっとき》（二時間）たっても二刻たっても出てこなかった。

信長が籠《こ》もった後、吉乃の部屋は床までぎしぎしと音を立ててきしんだと言われたものだ。

藤吉郎は小人だから、そこまで近づいて聞き耳を立てることはできなかった。だが、

（それこそ、お元気な証拠よ）

と、笑っていた。

しかし、若い近習などは、

「今夕はことのほか、お長そうだぞ」

と、みだらに笑い、またあくびして信長の寝所からの出を待った。

藤吉郎は、そんな連中との下品な話が嫌だった。仕方なく、時間つぶしのために、十匹ほどの犬を飼った。

これを引き連れて屋敷の高い土塀の内外をぐるぐる回るのである。

(お屋形さまは、供も多く連れずに、あまりにも無防備であらせられる)

そう思って買って出た警備の仕事であった。

土塀の内外には林や溝や深い藪《やぶ》がある。どこに刺客が紛れ込んでいないとも限らない。

藤吉郎は、ヒュッと口笛を吹いては犬を放ち、また口笛と共に犬を集めた。

犬は、まっしぐらに林を駆けめぐり、溝や竹藪の中を鼻で探って、不審者の匂《にお》いを嗅《か》いだ。

そして、また、さっと藤吉郎の元に戻ってきた。

犬遣いは〈山の民〉のお家芸である。

そんな〈隠れ技〉まであからさまにしてお仕えした信長だが——。

正直言って、これほど気むずかしい大将とは思ってもみなかった。

今のお屋形さまとは迂闊《うかつ》に話ができない。

二月の上洛では、なんとか藤吉郎の身体を張っての意見が容《い》れられ、無事帰還することができた。

しかし、今度の対今川戦略は、はるかに難題である。

自分の不在中、お屋形さまは、古手の家老たち相手に、今川軍と如何《いか》に対峙《たいじ》すべきかを、何度も相談したことだろう。

だが、なに一つ決め手になるような戦略は出なかった筈《はず》だ。

（大体、あんな古株の家老たちに、よき対策などあろう筈もない）

さぞ、苛々《いらいら》しておられるに違いない。

自分の持つ、

〈ある腹案〉

これを採択してもらえるなら、今川に勝つ可能性はある。

そんな強烈な自負があった。

だが、問題はお屋形さまだ。

今の段階では、到底、俺の腹案を呑《の》んでくれるとは思えない。

呑んでもらうには、もっと、もっと、お屋形さまが、追いつめられなくてはならないのだ。

その追いつめられている程度を知る第一段階。それが小六に言った〈前哨戦《ぜんしょう》〉であった。

その鍵《かぎ》は、お屋形さまと最も身近な存在である吉乃さまの感触が一番と思った。

これが今日の藤吉郎の生駒屋敷行きの本心である。

「お屋形さまのお見えが久しいとすれば……」

と、藤吉郎は続けた。

「さぞお屋形さまには、ご政務でお忙しいのでございましょう」

藤吉郎は、半分慰めの積もりでそう言った。だが、吉乃は、

「それだけでしょうか」

と、急に悲しそうな声を出した。

（おや、おや、他にもなにかあるのか。それとも、吉乃さまのただの悋気《りんき》か）

内心驚いた。

「さてさて、拙者。しばらく不在でおりました故《ゆえ》、とんと家中の話を存じませぬ。しかし、時たまにせよ、お出の節はいかがでございますか。ご機嫌はよろしいのでは」

「それが妙なのです。藤吉」

「はっ、妙と仰せられますと？」

「お屋形さまは、ここに来ると、近頃は、お部屋でお休みもなさらず、いきなり庭にお出になられます」

「ほう、庭に。それで」

「庭で座禅をなされます」

「座禅、でございますか」

お屋形さまは、座禅は嫌いの筈だが、と思ったが、ここで言うのは差し控えた。妙な意見を言えば、どこでどう話がお屋形さまに伝わるかわからない。「奥に余計なことを言ったな」と叱《しか》られるだろう。

「そう。それも雨が来ようが雷が鳴ろうが構わずに、ずっとお座りになったまま。それはそれは、恐《こわ》いお顔をなさって。一体どういうことであろうな藤吉」

いかにも心細そうな顔で訴えた。

「さあ、拙者にも、とんと」

（よほどお屋形さまの心に蟠《わだかま》りのある証拠）

と、藤吉郎は思ったが、これも口には出さなかった。

「わからぬかえ」

「わかりませぬ」

「では、そなたは座禅はせぬのかえ」

「しませぬ。できぬのです」

「なぜじゃ」

「脛《すね》が短くて、安座で行っても、すぐ後にひっくり返ってしまいますので」

「ほほほほ」

「やっておみせしましょうか」

「よい、よい。おほほほ」

やっと機嫌がすこし直った。

同じような禅問答を、お屋形さまとしたことがある。

藤吉郎が、脛が短いので座禅はしませぬと答えると、お屋形さまは、同じように笑われたが、さらにこう付け加えられた。

「余は、そなたと違って脛は長い。だが座禅などはせぬ」

そこで藤吉郎は訊《き》いた。

「なぜでございます」

すると、お屋形さまはこう答えられた。

「無念無想の境地など、別に座禅などという形を取らずとも、余は常時しておるでな」

そんなお屋形さまが、なぜ座禅など始めたのか。

それもごく最近になって急に——しかし、そんな話を吉乃としても仕方がない。

(周辺の事情聴取は、一旦《いったん》ここまでとしよう。明日あたりは、そろそろお屋形さまのところに行かねば)

行く前に帰国がお耳に入ったら事だ。

そう思った藤吉郎は、ここで吉乃に別れを告げた。

「御台さま。では、くれぐれもお身体《からだ》を大事になされませ。今日お見受けして、大層にお顔が優しう見えますほどに、次のお子は姫様に相違ござりませぬぞ」

「そうかえ。一人は姫を、と思うていたが、そうなれば嬉《うれ》しいが」

「間違いございませぬ。では、この藤吉、帰国がお屋形さまのお耳に入らないうちに、清洲に参らねば叱られましょう。名残惜しうはございますがこれにて」

挨拶《あいさつ》もそこそこに、吉乃の元を辞した。

## 7

この日の夕刻、藤吉郎は、宮後村の小六の元に一旦戻った。

どこに行ってきたとも言わず、

「飯が食いたい」

とだけ言った。

帰路、心の中で、ずっと明日のお屋形さまとの対話の進め方を考えてきた。が、まだ纏《まと》まらない。

こういう時の藤吉郎は、必要最小限の言葉しかしゃべれない。余計なことを言ったりすると、集中力が鈍るのである。

だから、そういう時の俺には黙って話しかけるな、と小六にはいつも言っている。

小六も心得ていた。

侍女に命じて、藤吉郎に占拠させている自分の寝室に黙って食膳《しょくぜん》を運ばせた。

藤吉郎も、黙って大飯を食い、終わると、ころっと横になった。

そのまま朝まで寝た。大いびきだけが生きている証明であった。

翌朝、また大飯を食うと、藤吉郎は、初めて、まともに喋《しゃべ》った。

「これから清洲のお屋形さまの所に行く」

「ご報告だな、駿河の」

小六は、こわごわと訊《たず》ねた。

「さよう。いや、怒られに行くことになろうな」

藤吉郎は、ここで、ちょっと悲しげな顔をして見せた。


清洲城には、できるだけ顔を見られないように、駆け込んだ。

この頃、清洲城の地階（一階）にある組頭溜《だ》まりには、木下組の足軽は居ない。みな小六の元に引き取られて宮後村で調練を受けていた。

しかし、他の足軽組衆が、数ヶ月ぶりの藤吉郎を目ざとく見つけた。

そして、この木下という小さな足軽頭が、帰る早々組頭溜まりを素通りし、恐れ気もなく城の上層に短足で上がっていくのを、不思議そうに眺めていた。

この日、藤吉郎が指定された場所は、対面座敷でなく、信長の居間であった。

四半刻（三十分）ほど待たされたが、やがてお屋形さまは足早に姿を現した。

平伏して、そっと顔を上げ、ご挨拶申し上げようとしたが、

「猿、戻ったか」

と、先に言われた。

「ははっ」

もう一度平伏し、再度顔を上げた。

信長は、例によって、草木色の唐織小袖《からおりこそで》に赤と白の横縞《よこじま》の肩衣、そして茶の筒袴《つつばかま》という派手な色揃《いろぞろ》えの衣裳《いしょう》をまとっていた。

「へへっ、お屋形さまにはご機嫌うるわしく……」

と、言いかけると、

「そんなことはどうでもよい。話せ駿河のことを」

と、またまた機先を制せられた。

ひどく忙しいらしいご様子だが、お顔は、上機嫌のようだ。

それもその筈。この直前まで近江《おうみ》の国友藤兵衛《くにともとうべえ》と会って朗報を得ていたのである。

藤兵衛には、火縄銃（種子島《たねがしま》製）の模造、それも種子島より、より長い銃身の鉄炮《てっぽう》造りを命じていた。

その長い銃身の鉄炮造りに見通しがついたというのである。

銃身が長ければ、それだけ正確性を増す。銃弾の飛距離も伸びる。

しかし、それまでは、銃身を長くすると、五発も撃つと薬室にひびが入ってしまった。

これが、技術的に克服できる見通しがついたという。

今年最大の朗報だった。

だが、藤吉郎はそんなことは知らない。お屋形さまが意外に上機嫌なのを知って、かえって、

（これでは調子が狂うな）

と、思った。

今日は、あまり喋りたくないのである。まだ、すべてを喋るには早すぎると思っていた。

そこでさらりと、感想だけを述べて逃げる算段をした。

「では、詳細は後ほどということで、只今《ただいま》は要点だけを申し上げます。要点は三つございます」

こういう手短な断定的口調を、信長は好む。

案の定、

「うむ。語れ。単簡《たんかん》に」

と、信長は機嫌良く頷《うなず》いた。

藤吉郎は、懐《ふところ》から数枚の紙を取り出した。

「まずは、駿河の刀鍛冶《かじ》の情勢でございます。その多くが鉄炮の銃身と機材造りをしておりました」

信長の目が、一瞬、きらりと光った。

「ふむ、それで、そなた、鍛冶屋の作事場を見たか」

「残念ながら、見せて貰《もら》えませんでした」

「であろうな。堺《さかい》も同じだ。秘密にしていて金を積んでも見せぬ」

堺の鉄炮の銃身は、国友の銃よりさらに長い。信長は何度も接近して断られていたのである。

「しかし、駿河の鍛冶屋では、ちらりと見た限りでも、結構な数の銃身が並んでおりました」

「ほう、かなりとはどの位の数だ」

「さよう」

藤吉郎は、しばし目を瞑《つむ》り、回った鍛冶屋の光景をあれこれ思い浮かべた。

「一つの鍛冶屋で、おおよそ三十挺《ちょう》ほどでしたでしょうか。そのような鍛冶屋が十ほど軒を連ねておりました」

かなりの推測を交えて、藤吉郎は言った。

「そうか。すこし細作を出して調べねばいかんな」

「是非そうなさって下さいませ。しかし、気をつけてくだされ。敵もさるもの。ぞろぞろと細作らしい者がおりますれば。拙者、のちほど鍛冶屋の所在地の備忘録をつくってお届けいたしますので、これを目星になさってくだされ」

「解《わか》った。で、次はなんだ」

「も一つは、街道筋に新しき茶屋を造れとのお屋形さまのご命令で」

「おおそれよ。どうなっている」

「これは難しうございます」

「なぜじゃ」

「すでに駿河者、甲斐者入り乱れて、東海道のあちこちに茶屋造りが盛んでございました」

「そうか。先を越されたか」

信長はしばらく目を瞑《つむ》った。

やがて吐き捨てるように言った。

「構わぬ、その茶屋に火を付けろ。燃してしまえ。余の領地内だ。構わぬ。その茶屋の主人ごとじゃぞ」

「承知しました」

（これは驚いた。乱暴さでは俺以上だ）

藤吉郎は、内心そう思いながら頭を下げた。その感慨に耽《ふけ》る間もなく、

「で、も一つ、最後はなんじゃ」

の声が飛んだ。

「最後は今川義元、この目でしかと見届けましてございます」

藤吉郎は、しれっと嘘《うそ》をついた。

「ふむ、それで」

「この男、短足で太り肉《じし》。そのため馬乗りが全くできませぬ。今後、万一尾張に攻撃をかけてくるようなことがありましても、恐らく駕籠《かご》か輿《こし》でしか来られぬでしょう。機動力に欠けましょうな。そこに我等の工夫の余地がありそうでございます」

「そうか、やはりな」

「ご存じでしたか義元の馬嫌いを」

「知らいでか。元康《もとやす》（松平）から昔聞いたことがある。元々がつまらぬクソ坊主《ぼうず》じゃからな。そなたの部下より、まだ馬乗りは下手じゃろうよ。わははははは」

信長は、小気味よく笑うと、さっと立ち上がった。

「よしこれまでだ。そなたの子細は後で聞く。書状にして出せ」

「はっ、承知」

藤吉郎は、報告をここまでで止められて、ほっとした。

（大成功。これ以上は、こちらもまだ話したくないのだ）

会心の笑みが漏れた。

# 第三章　内なる戦い

## 1

永禄《えいろく》三年（一五六〇）。

清洲《きよす》城の元朝《がんちよう》の宴《うたげ》は、例年の通り城の大広間で催された。

昨年の常御所《つねのごしよ》での「片箸《かたはし》の紛失」といった突発事件はなかった。

宴の開始にあたって、例年行われるお屋形さまの大号令もなく、年頭挨拶《あいさつ》は、ごく通り一遍のもので終わった。

一方、家臣たちの方にも元旦《がんたん》らしい華やいだ挨拶も会話もなかった。皆、むっつとした表情で座に着き、無言でぼそぼそと祝い膳《ぜん》などを食らうだけである。

場内には異様な緊迫感すら漂っていた。

特に地階（一階）の組頭溜《だ》まりの新年の初顔合わせは異常だった。例年なら無礼講でどんちゃん騒ぎが始まるのだが、今年は目まで合戦直前のように血走っていた。それもその筈《はず》。

誰が新しくできた東端の砦群《とりで》に守備隊として派遣されるのか。皆、それが気が気でなかったのである。

東部戦線の新しい砦大将は、昨年末、以下のように発令されていた。

中島砦　梶川《かじかわ》高秀

鷲津《わしづ》砦　織田秀敏

　　　飯尾《いいお》近江守《おうみのかみ》父子

丸根砦　佐久間大学盛重《もりしげ》

善照寺砦　佐久間右衛門尉《うえもんのじょう》信盛《のぶもり》

　　　同左京

丹下砦　水野帯刀《たてわき》

問題は、その下に付けられる部下たちである。指名された砦大将の直属の部下のみでは守備に不足する。

ということで、他諸将からも、徒兵《かちへい》が狩り出される——いや、強制的に狩り出されるだろうとの噂《うわさ》がしきりであった。

これらの砦に配備されることは、確実に「死」を意味した。

なぜなら、この五つの砦の、一砦当たりの配置数は、その規模からみて、三百人からせいぜい四百人。

どう逆立ちしても、二万を越すといわれる今川勢の進撃を阻止できる兵力ではなかった。

間違いなく虫けらのように踏みつぶされるだろう。

彼らは本能的に、その恐怖を感じ取っていたのである。

因《ちな》みに、当時の信長の動員兵力数はどのくらいであったろうか。

推定だが、凡《およ》そ四千人から五千人どまりである。

意外にすくない。

現在の名古屋の殷賑《いんしん》ぶりを考えると奇異にすら感じる。

この原因は、木曾川、長良《ながら》川、揖斐《いび》川といった日本国内でも有数の三大河川が、領内のど真ん中を流れているせいである。毎年のように台風に見舞われ、洪水が襲うのだ。

清洲城そのものが、当時海抜ゼロメートル地帯にあり、毎年水浸しになった。そのため、台風被害のない米作に適する土地は、平地が広い割に意外に少なかったのである。

この事実は、尾張の政治と地域経済に、二つの特異な性格を与えた。

一つは、領内の産業が、多年生植物である桑（根が深く台風に耐えられる）を植えて蚕《かいこ》を飼い、絹織物を生産するという繊維産業に傾斜せざるを得なかったこと。従って税も絹織物などの物納が多かった。これは当時の税収史料などから読み取れる。

信長の施政方針が、若い頃から京などの領域外に向いていたのは、この過剰な繊維製品のはけ口を求めるための当然の政策であった。

「楽市・楽座」の思想も同じ発想から生まれた。領内の繊維製品を如何《いか》に安く消費地、京へ移送するかを考えれば、これまた当然の方策であった。

別に信長に「市場経済への先見性」があったわけではない。結果としてそうなったに過ぎない。

二つ目に、国内産業が繊維に傾斜していたことは、女子労働への依存度が大きかったことを意味する。

逆に男は比較的自由であった。

信長が男を兵士として通年雇うことができたのは、このためである。

信長はいち早く「兵農分離政策をとった近代的武将」という後世の評価は、この意味でも、やや割り引いて考えねばなるまい。

尾張では、政策以前に「兵（男）は農＝米作」から分離していたのである。信長はそれを国外進出によって加速させたに過ぎない。

尾張の男子が兵として通年利用可能だったことが、織田軍団の機動力を比類ないものとしたことは確かである。

だからといって、尾張兵が強かったというわけではない。

むしろ逆であろう。

男の「土着性」が低いということは、なにがなんでも、この土地を守らねばならないという執着心を弱める。むしろ弱兵化を招いたのである。

尾張兵は、

機動力という長所

弱兵という短所

の二面性をもっていたと見るべきだろう。

信長が、遮二無二《しやにむに》鉄炮《てつぽう》という「飛び道具」の導入を急いだ理由も、ここにある。尾張には「飛び道具は卑怯《ひきよう》」などと叫ぶ、鎌倉《かまくら》武士の伝統がなかったことが幸いしたのである。

そうした事情で、当時の信長の動員兵力は、尾張の米作りの限界性もあって、せいぜい四千人、最大見積もっても五千人までであった。

仮に四千人として、そこから清洲城に残す守備兵が千五百から二千人。

那古野城《なごや》（城主は腹違いの実兄織田信広）に残す守備兵五百人を差し引くと、残りは千五百人から二千人。

これを五つの砦に割り振れば、一砦は三百人から四百人程度で、砦の規模が、これに見合うものであったことが推測できる。

武人は知らず、足軽以下の徒兵《かち》組は、砦部隊に配属されて、虫けらのように駆逐される自分たちの運命を本能的に予知した。

その恐怖は、地階（一階）の組頭溜まりから始まり、津波のように城の階段を、上へ上へと武将段階まで波及していった。

「やはりあの落首の通りよ」

彼らは口々に頷《うなず》き自嘲《じちょう》した。

昨年末の砦大将の発令頃から、城下では、あちこちに次のような落首が立ったという。

もちろん「詠《よ》み人知らず」である。

おだしゅう（織田衆）四千

いまかわぜい（今川勢）にくらぶれば（比ぶれば）
ちりあくた（塵芥）のごとくなり
ひとたびめい（命）をえて
めっせぬ（滅せぬ）もののあるべきか

「めい」は、命令と命《いのち》の二つをかけているのだろう。

言うまでもなく、信長の好む幸若舞、「敦盛《あつもり》」を茶化した替え歌であった。

そんな雰囲気の中の年賀の宴である。さぞかし酒も苦かったろう。酒宴は一向に盛り上がることなくあたふたと終わってしまった。

酒嫌いの信長は、とっくに自室に消えていた。

収まらないのは砦に派遣される武将たちである。宴の終わった後も、信長に「発令の真意」を訊《き》こうと、雁首揃《がんくびそろ》えて信長の居室まで押しかけた。だが、あっさりと面会は拒否されてしまった。

日頃は、部下にあれほど剛毅《ごうき》に振る舞い、大声で叱咤《しった》激励する信長が、なんともしまらない。やはり腑《ふ》抜けだったのではないか……。

――我々派遣部隊長に会わぬということは、どういうことか。我々砦組はそこで死ねということか――。

――そうよ、いやそうに違いない。考えてもみよ。織田勢四千では、到底今川勢との野戦は覚束《おぼつか》ない。かといって籠城《ろうじょう》には多すぎる。つまりは織田軍は中途半端《はんぱ》な兵数なのだ。我々は籠城のための口減らしということよ――。

車座になった武将たちの議論は、憤怒《ふんぬ》と自嘲の渦の中で一層過熱し、城のあちこちで、延々とやけ酒の応酬が続いた。

2

事態を憂慮したのは、林通勝《みちかつ》、柴田《しばた》権六《ごんろく》(勝家)、織田勘解由左衛門《かげゆざえもん》、佐久間信盛ら古参の重臣たちである。

「このままでは織田家は滅びる」

誰もが危機感を持った。

この元旦の混沌《こんとん》を契機に、重臣を中心に「防衛軍議」の発足が申し合わされたのは、自然の成り行きであったろう。

特に言いだした林、柴田の二人には、

「たとえ、お屋形さまが参加を拒否なされようと、我々の手だけでも」

との堅い決意があった。

二人は、この危急存亡に際し、なんの指導力も発揮しない、発揮できない信長に愛想を尽かし始めた。

「やはり、昔思ったとおりじゃった。信長さまは空《うつ》け者なのだ」

二人は、かつては、土田御前の擁した信行派の重鎮だった。織田兄弟の後継者抗争では、積極的に信行の側に立って、信長の追い落としに加担した。

結果として信長派に敗れ、信行と共に詫《わ》びを入れる憂《う》き目を見た。

これに懲《こ》りた柴田は、再び信行が信長の転覆を企てた弘治《こうじ》三年（一五五七）冬、信行側に立つようなふりをして、信行の行動を探知。事前に挙兵を信長に密告するという、武士らしからぬ裏切り行為を犯した。

今更信長を見損なったとは、口が裂けても言えない。

だが、今の信長は、どう見ても頼りなかった。

数回の「防衛軍議」――もちろん信長の参加はない――を経て重臣たちの立場は次第に鮮明になった。

柴田は、「野戦か、籠城か」については、そのどちらでもいいという姿勢を保った。すでに死を覚悟していた。

かつて信行を裏切り、「空《うつ》け信長」に加担した過去の自分を恥じた。

この時の武士にあるまじき行為と選択は「死」によって清算するしかない。

この時三十九歳。

すでに古武士のような「諦観《ていかん》」を持っていたと思われる。

林（通勝）は籠城派であった。

野戦で望みがなければ籠城しかないというのがその理由だが、本心は籠城中の降伏を考えていた。

籠城中の休戦交渉で、主君信長を追放し、腹違いの兄信広を立てる。

この信広を、三河の松平元康《まつだいらもとやす》同様、駿府《すんぷ》に人質として差し出す。

これで織田家の温存を図る。

それしか生き残る道はない。

一方、若手の中堅池田信輝《のぶてる》は、林の籠城説に反駁《はんばく》した。

この戦いを「十死に一生の戦い」と称し、不利を承知で出撃して戦うべきだと主張した。

信輝は一人臆《おく》せず、並み居る重役たちを前に力説した。

「ご重役方に申し上げたい。合戦の歴史で、城を恃《たの》んで籠城したものは、殆《ほとん》どがぶざまな死、裏切りか、餓死で終わっております。勝ち抜けた武将は、皆無でござる。我等とても、籠城すれば士気を阻喪《そそう》し、心変わりも続出しましょう。ここは、なによりも先代信秀《のぶひで》さまのご遺訓、〈敵とは国境で戦うべし。国内戦すべからず〉でいかなくてはなりませぬ。ことここに至っては、生死は天にお任せするしかありませぬぞ」

若手の多くが信輝に同調した。

どうやら打って出る〈野戦論〉が主流になりそうな気配であった。

砦《とりで》派遣組は、ここでようやく出陣を納得した。砦をなんとか死守していれば必ず本隊が野戦に来てくれる。あわよくば進軍を急ぐ敵を挟み撃ちにできるかも知れない。

いずれにせよ——、東部戦線で共に華々しく戦おうぞ。

織田の意地をみせようぞ。

ということで意見の一致をみた。

ところが、現実の清洲城の動きは逆だった。続々と米味噌《みそ》の貯蔵が増えていく。一部は新砦の備蓄米に送られているが、大部分は清洲城の米倉に消えていた。

聞けばお屋形さまの密命だという。

この清洲城の動きで、尾張の食品の値段が暴騰《ぼうとう》した。

「野戦に打って出る」

と息巻いていた若手組も、足許《あしもと》から崩れていく尾張の現実に途方に暮れるしかなかった。

そんな大混乱の中、あまり人々の注意を引かなかったが、不思議なことが次々と起きた。

最近尾張領の東海道筋にめっきり茶屋が増えたのも不思議だが、それが、相次いで不審火で焼けてしまうのである。

もちろん藤吉郎の部下である小六や小右衛門らの仕業《しわざ》である。

だが、これを知る者はない。

しかし、小六も小右衛門も、そんな小手先の抵抗で今川の大軍に勝てるとは思っていなかった。

茶屋を焼き払っても、少しも心は浮かない。

「わぬし、お屋形さまと、ちょくちょく二人だけで会っておるようだが、一体、どんなことを話しておるのじゃ」

小六は不安そうに藤吉郎に訊《たず》ねた。

「お屋形さまか……」

藤吉郎は、けらけらと笑ってみせた。

「お屋形さまは、俺を呼ばれると、すぐ座禅をやれと、うるさくて敵《かな》わぬな」

「座禅か？」

小六と小右衛門の二人は眉《まゆ》を顰《ひそ》めた。なにが、この有事に座禅か、という気持ちだ。

「そうよ。ところが見ても判《わか》るように、俺の足は短い。結跏趺坐《けっかふざ》などとうてい長くはできぬ」

「であろうな」

「今更、そうじろじろ見るな。判っておろうが」

藤吉郎は口をとがらせて小六を睨《にら》んだ。

「いやいや、これは失礼仕《つかまつ》った、藤吉郎さま」

「今更、さま付で呼んでも遅いわい。まあいい。ともかく、お屋形さまは拙者《せっしゃ》に無理に座禅をさせるものじゃて、俺は、お部屋の中で達磨《だるま》のようにころころ転がってしまうのだ。すると、お屋形さまは、それを見て、げらげらお笑いになる」

「それだけか」

「それだけじゃ」

小六と小右衛門は、顔を見合せて嘆息するばかりだった。

3

藤吉郎の行動に変化が生じたのは、小正月の「ドンド焼き」が終わった後のことである。

突然、宮後《みやうしろ》村にやって来ると、

「これから槍《やり》の稽古《けいこ》に入る」

と宣言して、預けてきた部下を連れ出した。

これには小六も小右衛門も驚いた。

藤吉郎に、槍の実地教育を授けるような「槍術《そうじゅつ》」の知識があるわけがない。

「なにを教える気だろう」

二人は興味津々《しんしん》ついてきた。

藤吉郎は、百人全員に槍を持たせて、宮後村の野原に立った。

そこで深さと幅が半間ぐらいの壕《ほり》を南北に十間ぐらいに亘《わた》って掘らせた。

次に全員を東向きに座らせ、自分は陽光を背に、東向きの部下に号令をかけた。

「よいか、皆の者、耳ほじくってよっく聞け」

この形だと、部下は、いやでも、まぶしい陽光の中に藤吉郎を仰ぎ見る形になる。

これが藤吉郎のねらいである。こうすれば、自分の訓辞の権威が一層引き立つのだ。

藤吉郎は、訓辞一つにも、そこまでしたたかに権威増幅の芝居がかった計算をした。

その癖、表面的には至って屈託のない様子で部下に接した。

「これはそなたらの命にかかわることじゃで、聴かぬは損、損」

軽口でそこまで言われると、側《そば》に控える小六も小右衛門も、一言も聴き漏らすまい、と耳を傾けざるをえなくなる。

藤吉郎は得々と語った。

「これからは鉄炮《てっぽう》の世が来る。じゃによって鉄炮組募集の前触れが出たら、すんと(すぐに)応募せい。俺に遠慮は要らぬ。この新しい武器が、今に、そなたらの命と尾張を救うことになろう。それに鉄炮組のお手当は高かろう。儲《もう》かるぞ。なにしろ特別の技能じゃからな。だが、この応募には事前準備がいる。知ってか」

ぐるりと部下を眺めて、さらに続けた。

「まず身体《からだ》を鍛えねばならぬ。銃は重い。撃つ衝撃は大きい。それに耐える腕の強さと手首の強靭《きょうじん》さが求められる。この訓練には、なにがよいか。それもただでできることがあるのだ。それは腕立て伏せじゃ」

「腕立て伏せでございますか」

一同は、なんだという顔をした。

が、藤吉郎は、馬耳東風だ。

「そうだな、毎日連続百回。それを一日三回やれ。都合三百。これに耐えられるようになったら、次は片手の腕立て伏せだ」

「片手でやるのですか」

「当たり前じゃ。これは連続五十回。手を替えることで一日百回。これを毎日、毎日、自分に課するのだ」

部下の小人たちは腕立て伏せ連続百回、それも三回反復せよと言われて「うへっ」と、飛び上がった。

まして片手腕立て伏せ連続五十回には顔を見合わせるしかない。

藤吉郎は、構わず、さらに身を乗り出した。

「次に眼の鍛錬だ。昼間は己れの目の前に指先を突き出して、ぐるぐる回し、これを眼線で追いかけよ。最初は右廻し、次に左廻し。時々は眼の四隅を睨《にら》んだままじっと我慢せい。そうすれば眼の鍛錬が只《ただ》で出来る。暇を見て何度でもやるのだ。一番いけないのは、ぼやっとして、意味無く酒ばかり飲んだくれて過ごすことだ」

声は更に熱気を帯びていった。

「次に、夜間は一切細かい文字物を読むな。外に出て、毎晩四半刻の間、空の小さな星と睨めっこをせい。できるだけ同じ星を探し出して見つめるのだ。毎晩、毎晩じゃ。ぐんぐん眼力がよくなる」

〈山の民〉ならではの実地教育であった。

そこまで言うと、次に、つかつかと部下の一人に近づいた。

「さて、平助」

藤吉郎は男の名前を呼んだ。

藤吉郎は、隊員の名前を一人残らずそらんじている。

「はっ」

平助と呼ばれた男は、立って直立不動の姿勢を取った。名前を呼ばれて嬉《うれ》しかったのか、声が弾んでいる。

「今、俺は鉄炮の時代が来ると言ったな。平助」

「はい」

「はい、だけでなく、申されましたといえ」

「申されました」

「では訊《き》く。鉄炮は無敵か」

平助は、もじもじして答えられない。

「だちかんか(駄目か)。では、後の列の権八はどうじゃ。これもだちかんか。では、その右の庄平はどうじゃ。では、なんでもええ、鉄炮について、そなたの考えを言ってみい」

皆、自分の大将に名を呼ばれて顔まで真っ赤になった。

最後の庄平だけが、かろうじて言葉を発した。

「無敵かどうかは、わがんねえだが、当たると、おそがい（恐《こわ》い）だわ」

「ほう（そう）だがや、ほうだがや」

藤吉郎は大きく頷《うなず》いた。

「鉄炮の弾に当たると、おそがい。さやーか（だから）無敵に見える。だったらそのおそがい気持ちさえなくせば、無敵ではなくなるで。まっと（もっと）勘考《かんこう》せい、皆の衆。そこでだ庄平」

藤吉郎は、庄平を招き寄せると、槍を抱えたまま、今掘った壕に横に伏せるように命じた。

他の三十人ばかりにも、追い立てるようにして、壕の中で同じような格好を取らせた。

その上で、

「そなたら、笠《かさ》の紐《ひも》を緩めよ」

と命じた。

横に寝た部下は不思議そうな顔で笠の紐を緩めた。

「よかか、俺が合図するまでそのまま笠を緩めておけ。決して締めるな。立つな。立った者は罰金ぞ」

脅かしておいて、今度は、残る全員に短い棒きれを持たせ、三十間ほど先に立たせた。

「よいか、俺の手の合図と共にこちらに、がんむしゃ（がむしゃらに）突っ込んでこい。手に持つ棒きれを鉄炮と心得よ。よいか」

次に槍組に向いた。

「さあ鉄炮組が来るだがや。ええか、絶対に手を出すな。そして俺が口笛を吹いたら笠の紐を締めよ。次に、もう一度口笛を聞いたら、構わず槍先を前につきだして壕から飛び出せ。そして鉄炮組を相手構わず突け。今日のところは最初だから、要領をえぬ者は、槍を置いたまま飛び出してもかまわぬ」

藤吉郎の口笛は鋭い。

鉄炮組の前進が半分ほどに迫った所で、第一の口笛が吹かれ、陣笠の紐が結ばれた。五間前で第二の口笛が鳴った。

しかし、何人かは慌《あわ》てて紐が締められず、一斉に飛び出せない。反応の鈍さや瞬発力の違いで混乱を生じた。

「だちかんか。もう一度」

「まだまだ揃《そろ》わぬ。もう一度じゃ」

「まだ遅れる者がおる。もう一度」

藤吉郎は、何度も何度も、しつこくやらせた。そのうちに、なんとか、ほぼ同時に立てる様になってきた。

「よし、今日はこの位でやめる。明日は、槍組と鉄炮組を交替させて同じ訓練をする。なぜこのような訓練をするのかは、俺の目で、皆の訓練が、これで充分と思った時に話す。それまでは黙って俺の言うことを聴くのだ。これは命の問題だがや、まっとうに聴け」

その夜、小六、小右衛門と酒を酌《く》み交わした時、藤吉郎は昼間の訓練の真意を語った。

「なぜ、笠の紐を緩めさせる」

小六が訊ねる。

「気を紛れさせるためよ。いずれは紐を緩める代わりに数を数えさせる。お天道《てんとう》さんのない日は、手がかじかんで紐が結べぬでな」

藤吉郎は答えた。

「二度目の口笛はどこで吹くのじゃ？」

「鉄炮組が、ぎりぎり三間に迫るまで待つ。そこで吹くのだ」

「なぜ三間じゃ」

「走ってきて、二間以内に入った所で鉄炮組は土壕《どごう》に居る槍部隊を見つける。そこで慌てて鉄炮の狙《ねら》いを定める。だが、その瞬間に隙《すき》ができるのだ。槍を突き出すのはこの時しかない。ともかく鉄炮組を引きつけて、引きつけて、接近戦に持ち込めば、最後は槍の方が鉄炮よりはるかに強いのだ。要はそこまで引きつける間の飛び道具に対する怖さをいかに克服するか、させるかだ。これが上に立つ者の施す訓練よ。足軽以下の者には、鉄炮だけが万能でないことを徹底して教えこまねばならぬ」

藤吉郎は、この接近戦の教育を執拗《しつよう》に繰り返した。

その一方で、城内の派手な統一歩行訓練を止《や》めさせた。

揃いの衣裳《いしょう》も禁止した。

銘々が勝手な物を持ち勝手な歩調であるく。木下部隊を、ごく普通の小人集団に戻したのである。

城内で目立たないこと。

今川戦に狩りだされないこと。

それを願った苦肉の策である。

そして秘《ひそ》かに一人呟《つぶや》くのだった。

「今川戦は別じゃ。別の戦いぞ」

4

三月になった。

山の笑う季節である。

ひょっこり宮後村を訪ねてきた藤吉郎。

しばらく書院の縁側に立って、なにやら感慨ぶかげに遠く三国山方面の山並みを眺めた後、小六と小右衛門を振り返った。

そして、不意に宣言した。

「そなたらと、ここで別れの水盃《みずさかずき》を交わしたい」

二人は、またかと思った。

「わぬし、此度《こたび》は、どこぞへ行くのじゃ」

「いや、どこにも行かぬ。清洲のお屋形さまのところに参る」

「お屋形さまの所に行くのに、なぜ俺たちと水盃じゃ」

「ひょっとすると、お手打ちになるかもしれぬでな」

言いながら、ちょっとおどけてみせた。が、これは藤吉郎特有の韜晦《とうかい》（ごまかし）に過ぎない。

本心は、

（今日こそお屋形さまとの真剣勝負）

ひょっとすると本当に殺されるかも知れない、という恐怖と戦っていた。

「まさか……、冗談であろう」

「いや、真面目《まじめ》に言っておる」

「そなたほどの家中の働き者が、お手打ちなど。そんなことがあろう筈《はず》がない」

「だが、今日ばかりは別じゃ。本気でお屋形さまのお怒りを招くかも知れぬ。あのお方は、すぐ刀に手をかける。悪い癖だ。ともかく、水盃の用意をせい」

藤吉郎の言葉に、二人はあわてた。そして覚悟を決めた。

「なにかは知らぬ。だが、水盃を交わして、はい、では、おさらば、は部下として言えぬ。俺は、わぬしと一緒に清洲に行く」

「俺もだ」

二人は顔を見合わせて口を揃えた。

「有り難い。その気持ちは嬉しい。だが、お城に、そなたらは入れぬ。入れても、お屋形さまの所まではついてこれぬ。行くだけ無駄だ」

藤吉郎は、静かに答えた。

「構わぬ。入れてくれぬなら、城門の脇《わき》で待っておる」

「待ってどうする。俺はいつ出てくるかもわからぬ。ひょっとすると永久に出てこれぬかも知れぬ」

「もし、わぬしが、お屋形の手打ちになったと知ったら……」

小六は小右衛門の顔を見ながら叫んだ。

「二人して城に突っ込んで斬《き》り死にするわ。のう小右衛門よ」

「おう、そうよ。拙者もそうする。藤吉郎殿を殺すようなお屋形なれば、拙者、信長公を、主筋《しゅうすじ》とは思わぬ。それに、わぬしのいないこの世は面白うもなんともない。生きるに値せぬわ。清洲城に乱入し、斬って斬って斬りまくり、後は腹かっさばいて死ぬのみじゃ。わぬしとは、同郷のよしみ。昔から、三途《さんず》の川渡りも一緒と思うておるのだ」

二人の大男は、言い終わると、おいおいと熊《くま》のように泣いた。

驚いたのは事情を知らぬ部下たちである。狐《きつね》に抓《つま》まれたように、その光景を見つめた。だが、藤吉郎は唇を嚙《か》んだまま一言も発しなかった。

しばらく二人を見つめていた後、身を翻《ひるがえ》して言った。

「出掛ける。部下たちを頼む」

後は、無言のまま、外に待たせてあった馬の方に進んだ。

不思議なことに、馬の横腹に小さな荷があった。

「これは何でござろうや」

追いかけてきた小六は、涙を拭《ふ》きながら訊《たず》ねた。

「これか、算盤《そろばん》というものだ。わざと一番でかいのを大坂で買うてきた」

「算盤？　なんでまた今日算盤がいるのじゃ」

しかし、藤吉郎は答えない。そのまま馬に跨《またが》った。

小六と小右衛門も馬を引いた。

藤吉郎が早駈《はやが》けしたら、自分たちも馬で追う積もりのようだ。

清洲までの春霞《はるがすみ》の道は、まるで葬式のような〈無言の行〉だった。

城門前まで来ると、藤吉郎は馬を捨てた。右手を挙げて残した部下二人に背中で合図しただけで、敢《あ》えて振り返ることもしなかった。

しかし、横目でそっと見ていた。小六と小右衛門は前を行く藤吉郎に目礼を送った後、約束どおり馬から筵《むしろ》を下ろして城門の横脇に敷くとその上に安座した。

(俺は以後、梃子《てこ》でも動かぬぞ)

(俺もだ)

そんなことを言い合っている様子が手にとるように判《わか》った。

藤吉郎は、そっと両袖《りようそで》で目頭を抑えて、城内へと向かった。

5

城では半刻《はんとき》(一時間)ほど待たされた。

やがて小姓に伴われ、信長の「常之間《の》(居室)」へと案内された。

部屋に近づくと、襖《ふすま》の中から、お屋形さまの甲高い笑いが漏れてきた。

(誰か先客が居るらしい)

控えの間から平伏して、恐る恐る顔を上げた。

「猿《さる》、来たか。中に入るがよい」

更に信長の甲高い声が響いた。どうやらご機嫌がいいらしい。

膝行《しっこう》して再び平伏する。

「面をあげい。猿、存じておろう。沢彦《たくげん》殿だ」

「へへっ」

藤吉郎は、今度は部屋の北面の下座に向き直って平伏し直した。

僧沢彦。

尾張国春日井《かすがい》の名主の子に生まれた。十四歳で京妙心寺に学び、博覧強記の評判高く、「菅原道真《すがわらのみちざね》の再来」と謳《うた》われた秀才である。

この時は、信長が傅役《おもりやく》平手政秀《まさひで》のために造った政秀寺《せいしゅう》（寺領三百貫）の住持である。

当時五十五歳。信長より二十八歳年上であった。

「初めてお目通りを頂きます。木下藤吉郎めにございます。以後お見知りおき下されませ」

漂う雰囲気に無言の威圧感がある。藤吉郎はいつになく緊張した。

「うむ、そなたが木下氏か。かねてよりお名前は聞き及んでおりましたぞ。お初に面《めん》晤《ご》を得て嬉《うれ》しく存ずる。沢彦にござる。なに、そのようにご丁重な挨拶《あいさつ》を受けるほどの男ではござらぬ。ただのクソ坊主《ぼうず》でござるよ」

屈託のない笑い声が続いた。

そこにお屋形さまが口を挟んだ。

「違いない。クソ坊主よ。そのクソ坊主と、今、クソのような神の存在について論じていたところだ」

「クソのような神でございますか」

「そうだ。話が佳境に入るところゆえ、中断できずにそなたを呼んだのだ。猿も横で聞くがよい」

「ははっ。有り難き幸せ」

そこまで言うと信長は沢彦を見返った。

「ということで、沢彦。もう一度繰り返そうか」

「どうぞ。何度でも」

「しゃらくさい。そなた、この世に神はあると思うか」

「神のあるなし、仏法では一切関知いたしませぬ」

「それはクソ坊主の逃げであろう」

「いえ、違いまする。仏法では、この世の造り主の有り無しの議論をいたしませぬ。

無に対する有の如《ごと》きはひっきょう二元を出ぬもの。仏法は無に落ちず、有にもかかわりませぬ。有神、無神より仏法はそれを超えた人の道の〈絶対〉を尊びまする」

「また道か。クソ食らえじゃ。余には無用じゃ」

「お屋形さまには無用でも道の方はお屋形さまの有用、無用と関係なく厳然と存在しております」

「勝手にせい。では有神、無神の論は止めよう。しかし、も一つだけ訊《き》く」

「なんなりと仰《おお》せくださいませ」

「そなたは、余が今朝ほど庭に出てやっていた座禅をなんと見た」

「お言葉ながら、なんの感慨も持ちませぬ」

信長の顔が赤らんだ。

「なんの感慨もないと申すのか」

言葉に棘《とげ》がある感じである。

だが沢彦は平然としていた。

「ありませぬ。座禅はただ座禅するのみ。禅宗で只管打坐《しかんたざ》（ひたすら座禅する）を説くのはそれゆえでございます。なんのためにするかを訊ねることは、無意味であり、従って、ご無礼ながら、それをなんと見るかについて、お答えすること、拙僧にもかないませぬ」

「そんなものか」

信長はしらけたように顔をそむけた。

(やはり坊主とは、うまいことを言うものだな)

横で二人の会話を聞きながら藤吉郎は、しきりに沢彦の応答に感心した。

以後、藤吉郎が、なにか解《わか》らないことがあると、必ず礼を尽くして沢彦に問い合わせるようになるのは、この時の出会いの印象からである。

6

その後はまた雑談に戻った。

やがて所用を理由に沢彦が去ると、信長は、

「クソ坊主めが、言うだけ言って、そそくさと帰りおったわい」

と呟《つぶや》いた。が、顔は笑っていた。

だが、この隙《すき》に藤吉郎は、そっと後ずさりして、入り口の唐紙近くまで信長との距離を置いた。

「なんじゃ、猿、そちも帰るのか」

信長は、その動きに気付くと、いぶかしげに藤吉郎を睨《にら》んだ。

「いえ、別に」

「では、どうして後に下がる。苦しうない。沢彦の居た席が空いた。こちらに来るがよい」

「今日ばかりは、お近くには参りとうござりませぬ」

「なぜじゃ」

「今日は、お屋形さまに叱《しか》られに参りました。この身危うい時、一刻も早く逃げ出さねばなりませぬ。それゆえ、お出口近くにおります」

「愚かなことを申すな。この信長、昨年の元旦《がんたん》のように、そなたを斬るなどとは言わぬ」

「いえ、今日ばかりは解りませぬ」

「そなた、なにか失態したか」

「いえ」

「ふむ、ではなんじゃ。まさか、林のように、来るべき今川との戦では籠城《ろうじよう》しか道はありませぬ、などと言いにきたわけではあるまいな」

「決してそのようなことは、申しませぬ」

「では、そなたを斬ることはない。斬らぬどころか怒りもせぬ」

「武士の言葉は重い。しかと左様でございますか」

「くどい。余に二言はない」

「それで藤吉郎安堵《あんど》いたしました。では、すこしくそちらに参ります」

それでも沢彦の居た場所からは遥《はる》か下座までしか行かなかった。

「で、何の用じゃ。まさか新しい外術《げじゅつ》（手品）などではあるまいの」

「似たようなもので。謎《なぞ》かけでございます」

「なんだと」

信長はあきれた顔をした。

「余は忙しい。これから国友《くにとも》と鉄炮《てっぽう》のことで、大事な話をせねばならぬ。こんな時、外術などを見せにくる馬鹿《ばか》があるか」

「それそれ、怒られまする。藤吉郎帰らせていただきまする」

「解った、解った。ではやむを得ぬ。その外術、見てつかわす」

「これは見るものではありませぬ。考えていただく謎かけで……」

「ではさっさと申せ」

「申し上げます。ここに百人の兵を持つ部隊と八十人の部隊があるとします。各々《おのおの》の力量、軍備全く互角とお考えくだされ。この場合、両者、まともにぶつかれば、最後はどのような結果になるとおぼしめされましょうや。それが謎々で」

「最後まで徹底して戦うのか」

「さようで」

信長は、すこし考えた末、言った。

「恐らく八十人の部隊は全滅するな」

「さすがはお屋形さま、ご名答にございます。問題は……」

「百人の部隊がどうなるかだな」

「それもご明察。どの程度の損傷を受けるか。いかがなりましょうか」

「これはちと難しいぞ」

「おおいに難しうござれば、ご解答は後日ということで、今日はこれにておいとまいたただきまする」

「待て馬鹿者。このまま帰ることとまかり成らぬ。そなたの用意した答えを置いてゆけ」

「はい。では、正しいかどうかは存じませぬが……」

「どうせ、このような問いに正しい答えなどあろうとはおもわぬ。おそらく頓知《とんち》であろう。だがそれでもよい。これからの話の座興にはなろう。いいからそなたの存念を申せ。判断は余がしてつかわす」

「では申し上げます。百人の部隊は四十人が死に、六十人が生き残りまする。それが藤吉郎の答えで」

「ほほう、六十人も残るか、その理由はなんぞ」

「かように考えまする」

藤吉郎は、ここで、横に置いた大きな算盤を出した。まだ当時は珍品である。摂津からの帰りに大坂で求め、京の宿の主《あるじ》に後便で送らせたものであった。

「まず百に百を乗じまする」

藤吉郎は、勿体《もったい》ぶって算盤をはじいた。

「かく、一万となりまする」

藤吉郎は、パチパチと算盤珠《だま》をはねて見せた。

信長は不思議そうに藤吉郎の手つきを見ていた。

「次に八十人に八十を乗じまする。これこのように六千四百となりまする。この一万と六千四百との差は三千六百でございます。これは六十の二乗。つまり、これが百人を擁した部隊の側の残る兵数と心得まする」

「うむ、一応の理屈だが、なぜ兵の数をかける」

「兵の数の勢いの差は、合戦においては単純な引き算ではございませぬ。かけ算あるいは必死の場合は二乗の差にまでなりますれば」

「そうか。で、この謎でそなた余になにをいいたいのじゃ」

「はい。たとえ百対八十と、兵数が接近しておりましても、八十の部隊は全滅し、相手の百人の部隊には致命傷すら与えることはできませぬと申し上げたくて参りました。まして今川と織田のように軍勢に大差があってはなおさらのことでございます」

「だからどうだというのじゃ」

信長の顔に、さっと青筋が立った。

が、藤吉郎は構わず続けた。

「はい。お屋形さまの今川との戦いのご存念は、五つの砦《とりで》を餌《えさ》として今川に食わせ、相手の眼をくらませる。その間に、お屋形さまは、少数精鋭で迂回《うかい》して先駆けされ、ただ一人今川義元をねらうといわれるのでございましょう。いかがで？」

信長は図星を指されたのか、途端《とたん》に不機嫌になった。

だが藤吉郎は腹を据えていた。

「しかし、それは机上の空論にすぎませぬ。御意図は叶《かな》いませせぬな」

「なに、叶わぬと」

「はい、叶いませぬ」

信長の顔が、一瞬にして朱に染まった。

誰にも言わない腹の内を、たかが百人の足軽頭に見透かされた。しかも、それが机上の空論だと「駄目」を押された。

怒るのも当然であった。

だが、信長が怒るより早く、藤吉郎は、部屋の入り口近くまで飛んでいた。

「帰りまする。帰りまする。お助けくだされ」

その声があまりにも大きかったため、〈すわ一大事〉と、数人の小姓が飛んできて襖《ふすま》から顔を出した。

「お屋形さま、いかがなされ――」

信長は、小姓が飛び込んできたことで一瞬、気をそがれたのだろう、

「よい、よい。何事もない。戻れ」

そう言わざるを得なかった。

藤吉郎の作戦勝ちであった。

その間、藤吉郎は、じっと入り口近くで平伏したままである。

(まだ先があるのだ。これは話の序の口だ)

藤吉郎は、自分にそう言い聞かせていた。


信長は冷静に戻った。いや、小姓の手前冷静を装《よそお》うしかなかった。

まだこめかみに青筋が残っている。

「そなたの存念を申してみよ」

声が上ずっている。

藤吉郎は、ゆっくりと顔を上げた。

「では、拙者の存念申し上げまする。残念ながら、たとえ少数なりといえど、我等は今川本陣にたどり着く前に、相手に気付かれ殺されまする。すでに彼らの細作《さいさく》は、尾張一帯に、網の目のように張り巡らされておりまする。犬の子一匹、気付かれずに今川本陣の義元のもとにたどり着くこと、かないませぬ」

「うむ」

信長は苦虫を嚙《か》みつぶしたように顔を歪《ゆが》めた。

「例えば熱田神宮でございます。その神官、巫女《みこ》あるいは下男の中には、お屋形さまにお恨みを抱く旧信行派の者が混じっておりまする。彼らには今川と結託し、お屋形さまの動きを逐一今川に報じる仕組みがすでに出来ておりまするぞ」

さきの密偵の旅の出発に当たって、無事を祈って詣《もう》でた熱田神宮。

その早朝清掃奉仕団の中に、藤吉郎は、旧信行派の仲間を何人も見た。彼らの方では、町人姿の藤吉郎を見抜けなかったはずだ。

帰国後、さらに探りを入れた結果、彼らが、駿河《するが》衆とつるんでいることを知ったのである。

「けしからぬ。見つけ次第殺せ」

信長は怒りに震えた。

藤吉郎は委細構わず続けた。

「いえ、今更殺しても無駄でございます。それより彼らの目を偽諜報《にせちょうほう》でくらますことの方が、はるかの上策でございますぞ」

信長は、呟いた。

「そうか、その手もあるか」

「それより、もっと大事なのは、来るべき今川の進軍の道順でございます。今川本陣がどこを通って清洲を狙《ねら》うか。ご存じのように、道は二つ。一つは、鎌倉往還《かまくらおうかん》を通り善照寺を攻める道。それと丸根砦、中島砦を攻めて東海道を上る道。そのどちらを通るか、残念ながら目下は見えませぬ。その報を知らせるべき我らが細作部隊は鳴海《なるみ》、大高《おおだか》を相手に抑えられており、一朝事あれば、悉《ことごと》く取り押さえられましょう。お屋形さままで諜報は届きませぬ」

「あい解った。ではどうしろというのじゃ」

信長の肩がかすかに震えている。心なしか、声まで弱々しくなった。

「そなた、まさか余に降伏を勧めにきたわけではあるまいな」

「はい、実はその降伏でございます」

この瞬間、信長は堪忍《かんにん》袋の緒が切れたのであろう。

「そなた、この信長を、コケにする気か」

すっくと立った。

続いて、

「おのれ、許せぬ」

信長は、つかつかと太刀の方に向かった。しかし、今度は、藤吉郎は逃げなかった。

座り直すと、大音声《だいおんじょう》で叫んだ。

「お屋形さま。さきほど、斬《ぎ》らぬ、怒らぬと言われたこと、お忘れか。武士の言葉は、弓矢取る身の習い。二言なしと言われたこと、よもや知らぬとは言わせませぬぞ。藤吉郎、本気で降伏せよとは申しておりませぬ。まずはお聞き下され。お聞き下され、この藤吉郎の存念を」

藤吉郎は、信長をにらみ付けた。

と、信長の足が止まった。

「続けよ」

意外な言葉が漏れた。しかし、声は怒りで震えたままであった。

「続けよ」

もう一度言うと、くるりと藤吉郎に背を向けた。

7

藤吉郎は、文字通り身体《からだ》を張って熱弁を振るった。

「いかなる合戦にも〈十死に一生の奇跡〉はありませぬ。もし奇跡ありとするなら、それは裏の仕掛けを隠すために造られた美談に過ぎませぬ。例えば平敦盛《あつもり》が犠牲となった一ノ谷の戦いでございますが……」

そこまで言うと藤吉郎は、じっと信長の反応を待った。

幸若舞「敦盛」は、信長の好む唯一《ゆいいつ》の舞歌。この話さえ持ち出せば必ず信長は乗ってくる。

藤吉郎はそう睨《にら》んでいた。

果たして——、

「なに、一ノ谷の戦いだと？　それがどうかしたのか」

藤吉郎の術中にはまった信長の様子に、藤吉郎は会心の笑みをかみ殺した。

「実は、この一ノ谷の戦いこそ、此度《こたび》の我等の今川との戦いの参考にすべきものでございます。これは源氏の仕掛けた見事な謀略でございますれば」

「謀略だと。それはまことか」

信長は、うめくしかなかった。

この一ノ谷の合戦は、義経《よしつね》の鵯越《ひよどりごえ》の「馬の逆落し」と平家の公達《きんだち》平敦盛の潔《いさぎよ》い「死の美談」だけが歴史上一人歩きしてきた。

だが、実際はどうか。

寿永三年（一一八四）二月七日の一ノ谷の戦いには、じつは次のような伏線があった。

その前日二月六日のこと。

平氏一族は福原で清盛の四年目の法要を営んだ。その時、京から後白河法皇の使者が着いた。

——和平交渉のために、法皇さまの代理が、八日京を出発、福原に下向する。交渉中は一切武力行動をしないように源氏に対して命じた。よって平氏もこれに従うように——

平氏は、法皇の内意を受けて軍装を解き、完全休息に入った。

ところが七日早朝、源氏の軍勢が突如総攻撃をかけてきたのである。

あっという間もなかった。

寛《くつろ》いでいた平家は、平通盛《みちもり》、忠度《ただのり》、経俊《つねとし》、そして十六歳の敦盛まで、名ある武将が悉く討ち死にし、重衡《しげひら》は生け捕りとなった。

「まことは天朝さまが、まず平氏を説得し、次に源氏をと、調停に立たれた。これを知った源氏方が、この日時のずれを利用した、だまし討ちでございました。これは平氏ゆかりの者より現地にて聞き及びましたこと。真実でございます」

藤吉郎は、意識して訥々《とつとつ》と語った。実際は、「現地」で聞いたのではない。〈山の民〉の中にいた平家の落人《おちうど》から父が聞き、その父から子の日吉へと伝えられた秘話である。

「此度、実地に摂津に参り、実際に鵯越を検分して参りました」

藤吉郎は確信を込めて言った。

「ほう、摂津まで足を伸ばしてか」

信長は頼もしげに藤吉郎を見た。改めて藤吉郎の足まめを再認識したような顔である。

「はい。しかし、聞くと見るでは大違いでございました。鵯越は馬を降ろすにさして困難なところとは見受けられませぬ。それに、とても平家に気付かれずに降りきれる場所とも見えませぬ。一にかかって平氏側に戦意がなかったための大敗と藤吉郎拝見仕《つかまつ》りました」

藤吉郎は諄々《じゅんじゅん》と説いた。

「兵は詭道《きどう》。特に小よく大を制するには道はただ一つ、残念ながら謀略しかございませぬ」

「しかし、そのような道が、此度の今川との戦いにあろうか」

藤吉郎は即答した。

「ございます」

「どのような」

「そこまでは、今、申し上げられませぬ。しかし、もし藤吉郎が考える策略を信じ、ご採用戴《いただ》けるなれば確実に勝機を得てご覧にいれまする」

「しかし、その謀略の汚名は残るのではないか……」

信長の顔に一抹の不安がよぎった。

勝つとしても、この一戦は美学で飾らなくてはならぬ――。

陰謀の汚名は、これ以上は御免だと言いたいらしい。

「いえ、陰謀は消してこその陰謀でございます。そのような汚名は末代までも消してご覧にいれまする。残るは、お屋形さまの〈天佑神助《てんゆう》〉という名の外術《げじゅつ》ばかりでございます」

「確かか」

「天地神明に誓って……」

信長は、こくりと頷《うなず》いて言った。

「やって見せよ」

「やってくれ」とも、「頼む」とも言わなかったのは信長の意地だろう。

「では、お任せいただけまするな」

これ以上信長の返事はなかった。

が、肩の震えは止まっていた。


藤吉郎は城門を飛び出した。

約束どおり小六と小右衛門は、真っ暗になった城門脇《わき》に敷いた筵《むしろ》の上に座って待っていた。

藤吉郎を見ると、

「生きていたのか、本当に生きているのだな」

二人は飛びついて来て、藤吉郎の身体をさすって泣いた。

「生きておるぞ、これこのように」

「まことじゃ、まことじゃ」

三人は骨も折れよと、抱き合った。男の熱い友情が、ほとばしった瞬間であった。

やがて冷静さを取り戻すと、藤吉郎は、きっとした口調で告げた。

「明日払暁《ふつぎょう》、三国山に向かう。おぬしたちも途中まででよい。ついて来てくれぬか」

## 8

三国山（標高七百一メートル）は、西三河の北端に接し、清洲から東北におよそ十里（約四十キロ）。

当時、この三国山が、日本中の〈山の民〉が秘《ひそ》かに集合する場所であったことを知る者は少ない。

道は守山から矢田川を上り、さらに赤津川に沿って白坂に至る。

そこからは急勾配《こうばい》の山道をたどって三国山までほぼ三日を要した。

三人は、白坂でムレコと呼ばれる村長《むらおさ》格の男と十数人のシノガラ（連絡係）の迎えを受けた。

しかし、そこからは小六と小右衛門の同行は許されなかった。

二人は同じ〈山の民〉ではあったが、平地社会に流出してすでに三代を経ており、もはや仲間とはみられなかったのである。

「此度は信長公と違って、命の心配は要らぬ。そなたらは、近くの川で魚釣りするなり、温泉で温浴などして安気《あんき》に待つがよかろう」

藤吉郎は、なお不安げな二人に、そう言って慰め、さらに一人山頂に近い集合地へと向かった。

〈山の民〉は本来が漂泊民であるため、集合地といってもそこに大きな村落を形成することはない。

年に数回、こうして仲間が会う時があるだけで、そこで数日会合すると、東へ西へと、おのおのの地に去って行く。

しかし一時とはいっても、その時は仮小屋の数は百数十を数えた。

いずれも急造の露営小屋ではあるが、山腹の土窟《どくつ》に隠しておいた部材を使って、巧みに組み立てられたものである。

はるか後年の明治時代の記録にも、

「(仮) 小屋の数は百を超え炊煙《すいえん》の盛んなること夏季の軽井沢、比叡《ひえい》山の如《ごと》くなりき」

とある。

当時は、集会の規模ももっと大きかったに違いない。

小屋の林立する集合地よりかなり手前で、道がやや平坦《へいたん》になる。

そこに駕籠《かご》が用意されていた。

藤吉郎は、ここで目隠しされて、駕籠に乗り、さらに上に進んだ。

急に外気がぐんぐんと肌寒くなっていった。

目隠しをはずされた時、藤吉郎は天井の抜けるように高い洞窟の中にいた。

藤吉郎の座る砂地の場所を真ん中にして、周りはかなりの広さである。

藤吉郎のぼんやりとかすんだ目の先に赤々と松明《たいまつ》が灯《とも》されているだけで、周囲は暗い。

その暗がりから十数人の男たちがじっと無言のまま、藤吉郎を見つめているのが分かった。

鋭利な光を宿す彼らの目と異様に白いその歯は見えたものの、相手の顔までは見えなかった。

藤吉郎は腹を括《くく》った。

目が慣れてくると、

(どこに一番偉い人がいるか。そちらに向かって目をつぶってしゃべろう)

と覚悟を決め、そっと観察し始めた。

自分の座る中央の真正面が石の段差がついて高くなっていた。

そこに数人の白い毛皮に身を包んだ老人が座っている。さらにその奥の一段と高いところには、紫色の御簾《みす》がかかっており、その間から、かすかな灯火がもれている。

御簾の内に人影があるかどうか、をじっとのぞきこんだが、たちまちに、

「頭《ず》が高い」

とたしなめられた。

当時の〈山の民〉は厳格な階層社会であった。

最上位のアヤタチ（ミチムネ）の下にミスカシ、ツキサシ、クズシリ、クズコ、ムレコ、そして地域セブリと階層が別れていた。

藤吉郎が接触していたのは、もっぱら、この地域セブリとセブリの中で連絡係をつとめるシノガラと呼ばれる忍びの者に過ぎない。

藤吉郎が、それ以上の高貴な階層と会うことができるようになるのは、天正十年（一五八二）の「本能寺の変」以降である。

そのころ秀吉は秘かに足繁《しげ》く〈山の民〉の本拠地、丹波に通っているとの記録があ

る。

この時点で、どの階層までの人々がこの場所に居たのかは定かでない。

藤吉郎は恐懼《きょうく》平伏したままで主君信長公の危機とそれに対する救援を懇請したのである。

藤吉郎の三国山入りは、三つの意味で受け入れられる可能性があった。

一つは藤吉郎自身が平地社会へのトケコミ（融《と》けこみであること）、二代目の成功者になろうとしていること。

次ぎはその主君信長が同じ〈山の民〉の成功者斎藤道三の娘婿《むすめむこ》であること。

最後に重要なのは、信長の施政が既存の特権的商人を排除し、自由な商品流通を促進しようとしたことである。

これは、平生は平地社会に属せず、その独特の商品群を随時平地に持ち込もうとする〈山の民〉にとって最重要な平地社会との平和共存の条件であった。

これらを背景として、藤吉郎の〈山の民〉の説得と織田家への協力を求める捨て身の弁舌は、夜を徹して行われた。

クズシリといわれる各地域の山の長を始め、集まった〈山の民〉の各部族は、藤吉郎の語る織田家の危機、そして、その支援要請に熱心に耳を傾けてくれた。

討議は丹波のさらに上位の人々の承認をうるため、連絡の往復にかなりの時間を要した。

首尾は上々であった。

ただ、条件が三つでた。

第一が時期。

それは今川の尾張侵略が、近隣の山の雪融けが終わり、〈山の民〉の馬の移動が可能となる四月以降となること。

第二に義元の首を取るのは織田方の兵で行うこと。これは、首を取る習慣が〈山の民〉になかったからである。

最後の条件が最も厄介であった。

これは唯一《ゆいいつ》の〈山の民〉の信長批判であり、丹波の最上層部から出たものである。

「信長には天皇家尊崇の念が欠けている」

その姿勢を改め、誓書として出せと要求されたのである。

これには藤吉郎も、本人のいないこの場所では解決の道がなかった。

「そのご趣旨尊重はいたしますが、それを信長公に申し上げれば私の出生並びに山の方々の秘密を解き明かすことにもなりかねませぬ」

藤吉郎はひとまずそう答えた。

そしてまた何度かの最上層部との秘密の会合がもたれた。

藤吉郎は、じっと結果を待つしかなかった。

この結果、信長の誓書提出が不可能な場合は、藤吉郎が、

(身命にかけて、その趣旨を実現する)

という誓約を書面で提出することで、この場は解決した。

なお具体的な今川への攻撃方法は中部地区のシノガラ(忍びの族《やから》)によって追って日時、人数、手段、合図、暗号等が具体的に藤吉郎に示されることになった。

藤吉郎は、白坂で待ちくたびれていた小六、小右衛門の二人を引き連れて飛ぶようにして尾張へと戻った。

「今川の動きを、できるだけ遅らせねばならぬ。この謀略だけは、こちらで行わなければ……」

余す日は、ほとんどなかった。

# 第四章 空白の激突

## 1

駿河《するが》は気候温暖、土地も肥沃《ひよく》である。そのせいか人々の性格まで穏健で、古来、この地から全国に覇をなす人物の出ることはなかった。

それが、初めて今川義元という人物を得た。

このお方を押し立て、あわよくば京に上って天下に号令を——。

この時駿河は民百姓に至るまで異様な熱気に包まれていた。

東海道をさえぎる恐れのあった美濃《みの》の梟雄《きょうゆう》斎藤道三は、子義竜《よしたつ》との内訌《ないこう》に敗れ、もはや斎藤一族に昔日《せきじつ》の感はない。道三の娘婿《むすめむこ》である尾張の織田信長は、大戯《たわ》けとも大空《うつ》けとも噂《うわさ》された。目障《めざわ》りな存在というだけで、問題にするほどの人物とも思えなかった。

ちなみに、織田信長の討伐について、義元が尾張の農民たちに語ったという口伝が『武功夜話』に、次のように残されている。

織田の小伜《こせがれ》一人討ち取り退治に兵を進めたるにはあらずなり。これに従い京に上り乱国を平定諸将に号令、御帝《みかど》の神慮をやすんぜんがためなり。しからば、当国織田上総介《かずさのすけ》信長儀、余に服せざるゆえこれを退治致すに手間入らずなり。尾張国中平均《ひらならし》の上は（平らげた上は）、惣《そう》じて土民、百姓に安堵《あんど》せしむべく徳政を施さん。能々《よくよく》心得て候《そうら》えと申されけるとぞ……

これをおごりと見ることはできない。義元は人格、識見に優れ、駿河、遠江《とおとうみ》、三河を従える、八十万石に及ぶ財力にも恵まれていた。

織田との合戦は、だれの眼から見ても信長に勝つ見込みはない。

だが、義元の出現を喜んでいた駿河で、ただ一人、心から喜べない男が駿府《すんぷ》城にいた。

今川家の人質松平元康《まつだいらもとやす》。

この年十九歳。

(そうなれば――俺は永久にここから出られなくなる)

そう思って一人懊悩《おうのう》していた。

元康は、祖父松平清康《きよやす》が西三河四郡に勢力をふるった豪族の生まれである。だが、清康は内紛のため暗殺された。

父広忠《ひろただ》は、この危機に際し隣国今川氏の庇護《ひご》を受けることで命脈を保った。

この保護の代償として、元康は、六歳の時、人質として駿府に送られた。

だが、その移送の途中、思わぬ事件が起きた。元康の身柄が、西の隣国の将織田信《のぶ》秀《ひで》に横取りされたのである。

怒った義元は、その二年後、信秀に占拠されていた三河安祥《あんしょう》城を攻め、城主織田信広を生け捕りにした。

その上で、信広と元康の人質交換を申し出たのである。

信広は信秀の側室の子。信長の庶兄に当たる。信秀は、肉親の情として、義元の申し出を呑《の》まざるを得なかった。

こうして、元康は、六歳から二年を尾張で過ごし、その後十一年、駿府で人質人生を送ってきた。

元服後は、今川一門の女、築山殿《つきやまどの》（義元の姪《めい》）を妻に押しつけられ、不本意のうちに、一児の父となった。

今では、全く動きのとれない辛《つら》い立場である。

そんな元康のもとに、四月のある日、一通の密書が届いた。

織田信長からの親書であった。

信長とは幼い頃、一緒に過ごした二年の日々がある。

当時の信長は、八歳上のただの餓鬼大将に過ぎなかった。元康を自分の悪童仲間の手下として扱った。

威張ることは威張ったが、それは人質に対する差別ではなかった気がする。

すくなくとも、義元の息子の氏真《うじざね》のように、陰に回っては、あらぬ〈主人風〉を吹かすような陰湿さはなかった。

その点、今も、元康はなんとなく信長に好意を持っている。

ところが、その密書の内容がどうもよく解《わか》らない。

明らかに信長の「降伏文書」である。しかし、よく読むと、降伏につきご相談した
し、という降伏の事前相談だけで、なんの条件提示もなかった。

しかも、会見場所を桶狭間《おけはざま》山としたいが如何《いかが》であろうか——。降伏の使者として、
信長以下五十騎が同所に参上したいがどうであろう——とも添え書きされていた。

元康は困った時の爪《つめ》を嚙《か》むくせで、指から血をにじませながら考えていた。が、思
いあまって側近の本多弥八郎《やはちろう》を呼んだ。

後に謀臣筆頭となる本多正信《まさのぶ》である。

この時二十三歳。家康より四歳年上である。

「そなた、これをなんと読む」

弥八郎は、渡された密書を二度、三度と読みかえした後、おもむろに答えた。

「不思議な手紙でございますな。あれほどの乱暴者が、いきなり降伏の相談とは」

弥八郎には、少年期の信長の悪餓鬼《がき》の記憶しかない。

「であろうな。なにか臭い。謀略であろうか」

「そう見えまするな」

「ここにある桶狭間山とやらはどういうところだ」

「なんの変哲もなき丘陵でござる」

「途中で待ち伏せなどする積もりかな」

餓鬼大将だった信長のやりそうな手だと元康は思った。

「いや、今川方も、その点は充分に調べましょう。そのような小細工は通用いたしませぬな」

「きれいな清水があり、風も涼しければ、じっくりお話ができる、と書いてある。が、まさか渓流の水に毒を流すなどせぬか」

「それも小細工。やれば織田方の方が、かえって毒水を呑まされましょう。できませぬな」

弥八郎は軽くいなした。

「ではなにが目的か、さっぱりわからぬな」

「まったく」

二人は思案投げ首の体で手紙をほうり出した。

それに、その手紙からは、何とも言えぬいやな匂《にお》いがした。

「この紙はどうも臭うございますな」

「全く、いやな香の匂いがする」

「信長殿、最近京に参られたとか。どこぞで、安い伽羅《きやら》でもあがなわれたのでしょうか」

「そうかも知れぬ。あるいは将軍義輝《よしてる》の引出物かもしれぬな。しかし、高価なものではないようじゃな。真那伽《まなか》か、いや沈外《じんがい》かな。義輝に、田舎者ならこの程度でよかろうと侮《あなど》られたか」

元康は笑った。

真那伽は沈香《じんこう》の良否では低級品。沈外は級外の意味である。

「香りも手紙の内容も臭い、というわけでしょうな」

「さもあろう、しかし、どちらにしても……」

「仮にこの手紙に謀略がひそんでいたとて我等松平には関係なきこと」

「そうじゃ。くどくどと今川のために考えてやることは、なにもない」

いわゆる「駄目もと」だった。義元に見破られたら、「さすがは駿府様の御炯眼《ごけいがん》」と義元をくすぐってやればいいことだ。

「いや、若殿。むしろ、これは殿が一役買って差し上げるべきかも知れませぬぞ。よけいな詮索《せんさく》はせず、むしろこの話、進めてやる工作をした方がよかろうと存じますが」

「面白いな、すこし工夫してみるか。それには、おれが義元を説得しやすいように文面を直させよ。どうせ退屈凌《しの》ぎよ」

数日後、文面を若干手直しした密書を携え、元康は、対義元工作を開始した。

書き直された書面も相変わらず安っぽい香料の匂いがぷんぷんと立ち込めていた。

機会は、間もなく訪れた。

2

義元は姪の築山殿をかわいがり、政務の合間をみては、元康夫婦と、その子竹千代(二歳)の顔を見にやって来た。

自分の息子の氏真が、どうにも頼りない。そんなこともあって、特別な期待を、この竹千代に持っているらしかった。

元康は義元と二人きりの時をねらったが、その機会が全くなかった。やむなく元康は、妻のいる場で、この信長の手紙を披露した。

「なに、信長が降伏したいと」

元康の話を聞くと、義元は、抱いていた竹千代を築山殿に戻して、言った。

「読んでみよ」

自分では読まない。

若い頃、読書三昧《ざんまい》で過ごしたため、四十早々で老眼となり、物を読むのが面倒なのである。

床几《しょうぎ》に腰掛けて、じっと聞き入った義元は、元康が読みおわると当然のように、

「ふに落ちぬな」と言った。

「私も最初、さように思いました」

元康は、真面目《まじめ》くさった顔で答えた。

「では、いまは納得していると申すのか」

義元は、胡散《うさん》臭そうに訊《たず》ねた。

「大方のところは」

元康は、義元の疑惑の目を避けるように答えた。

「では訊ねる。なぜ信長は、国境いに砦《とりで》などを造って、余に刃向かう姿勢を見せるの

じゃ」

「下の者が、それでなければ納得しないからでございましょう。しかし、急遽《きゆうきよ》造った土嚢《どのう》に毛の生えた程度のものに過ぎず、その抵抗は小半刻と持ちませぬと」

「信長本人がそういうのか」

「はい、そう申しているようで」

元康は義元の反応をうかがいながら答えた。

「そなた、あの信長と、そのような近しい文を交わすのか」

「いえ私からは一向に。しかし、子供の頃、凡《およ》そ二年の間、遊びし仲間なれば、それに甘えてか、時々挨拶《あいさつ》などを書き寄越すのでございます。近し過ぎるとお考えでしたら、以後、注意しておきますれば、ご容赦を」

伏目がちにいかにも低姿勢を装《よそお》って答えた。

「よいよい、その程度ならば一向に構わぬ。では次なる疑問だが、降伏する者が何故《なにゆえ》桶狭間山などと場所を指定して来る。僭越《せんえつ》であろうが」

「あの場所は風通しよく、涼しき所。近くに良き清水があり、心の臓や動悸《どうき》切れなどによいとのことでございます」

「まこと身体《からだ》によい水か。毒など流すことはないか」

　義元は太り過ぎて血圧が高かった。身体によい清水には関心が強い。

「そのあたり、しかと確かめまする。念のため信長に、会見前に、毒味などもさせましょうほどに」

「そうさせよ。では更なる疑問は、部下を五十人連れてくるそうじゃが、降伏の使節としては多過ぎぬか」

　ぎょろりとした目つき。元康は「来たな」と思った。この人数は、あくまで譲歩とみせるための「まき餌《え》」である。

「はい、確かに。では、いかほどに減らさせましょうや。五人、あるいは十人……」

「いや二十人まで許そう。度量のあるところも見せねばならぬ。しかし鉄炮《てつぽう》、槍《やり》、弓の所持は、まかりならぬと申せ。腰の大小のみぞ」

「いっそ、会見の場では無腰となされませ。そう申し付けましょう」

「それならなおよい。しかし、所持する物を、事前に、しかと調べさせよ。それから周囲の伏兵、本隊の動きなども、当然ながら抜かりなく調べよ。なにしろ、あのようにずる賢い男だからな。なにを企《たくら》むかわからぬ。そなた、余の元に逃げ込んでいる坂井大膳《だいぜん》（元清洲《きよす》城小守護代）の話を聞いておろう」

「それはもう……」

坂井大膳は、清洲城主で守護代である織田信友の家老だった。が、信長の叔父信光を清洲城に招き入れた結果、信友は謀殺。自らも城から追い出されてしまったのだという。

駿府では、この話は、信長の奸智《かんち》を憎むより、坂井のお人よしを笑う話として有名であった。

しかし義元は、そんな元康との会話を通じて、次第に信長の降伏受諾の方へと、引き寄せられていったのである。

「しかし――」元康は最後に付け加えた。

「この話、信長から、家来に一切内緒でのことゆえ、ぎりぎりまで他言ご無用に願いたいと、申し出ております。さもないと野戦論、籠城論《ろうじよう》ひしめいており、どちらに傾いても義元さまの御軍勢に、ご迷惑が及ぶのではないかと」

「こざかしいことを申すな、と言え。どちらにしても、余には痛くもかゆくもないわい」

怒ったふりをしたが、顔が笑っていた。降伏なら、戦うより楽だ。気分が悪かろう筈《はず》もない。

「降伏条件として、小倅の奇妙（信忠《のぶただ》）を人質に取れ。そなたなら、よくよく心得があろうほどにな」

そういって義元は立った。かすかに薄ら笑いが浮かんでいた。

その笑いに、元康は、身体の中で煮え返るような義元への憎悪《ぞうお》を感じた。

(人質のこの俺に、信長の人質の条件を考えさせるのか。あてこすりもたいがいにせい!)

その怒りを、ぐっと腹の中に納めると、ふいに、

(この話、なんだか知らぬが、できうるかぎり信長に肩入れしてやろう)

と、本気で思い始めた。

その後、元康との間で数回の条件交渉の手紙の往復があった。

最終条件の確定した時は、五月になっていた。

3

永禄《えいろく》三年、五月十二日。

すでに季節は梅雨である。

義元はようやく重い腰を上げた。この一ヶ月余り、信長の小伜《こせがれ》の「はぐらかし」に惑わされてきた気がする。鬱陶《うっとう》しい雨を見て、その腹いせのためにも、

（降伏を許すにせよ――、一度は目にもの見せてくれねばならぬ）

と、思った。

義元が信長に突き付けた最終降伏条件は、

嗣子奇妙を人質として差し出すこと。

信長は東海道の交通の要に近い清洲城から出て、亡父の居城であった末森城に蟄居《ちっきょ》閉門すること。

この二つであった。

ところが、これに対して、信長は泣きを入れてきた。奇妙は、まだ四歳の年端《としは》も行かぬ身。せめて元康さまと同じ六歳までは手元にて養育したいというのである。

「では子息の代わりを」というと正妻の濃姫《のうひめ》を差し出すときた。

濃姫は、父道三と兄義竜との内訌《ないこう》の狭間で、一時行方《ゆくえ》をくらましていた。

が、結局は織田家に探し出されて、目下清洲城に幽閉の身である。

斎藤家の内訌は、その後も続き、弘治《こうじ》二年（一五五六）四月、道三は遂《つい》に息子に殺

された。

濃姫は庇護者《ひご》の父を失った天涯孤独の身である。そんな信長の「不要妻」を人質にとる愚か者はない。

それに、自分の妻を人質に、というのは、武士の風上におけぬ腰抜けの態度だ。

領土については、特に条件は付けなかった。が、逆に今川方のほうにあれこれ思惑が走ってしまうという失態があった。

子の氏真が、信長の降伏の話を小耳にはさみ、これを坂井大膳に教えたためである。

今川家に五年前から保護されている大膳は、この時とばかりに信長にだまされた旧悪をあげつらい、

「清洲の城主を織田信友さまのご家系にお返し頂きたい。そして拙者《せつしや》を清洲の家老にお取り立て下され」

と言ってきた。

この馬鹿《ばか》騒ぎの決着にも日時を要した。

(冗談ではない。あの東西の拠点を坂井ごとき愚か者に任せられるか)

ところが、息子の氏真は、生来音曲を好み、同じ趣味を持つ大膳と気心が合う。一

緒になって、なんとかしてやってくれ、と頼んできたのである。

(そんな男の肩を持つ息子の気が知れぬ)

そう思った時、息子が信長とわずか四歳の差でしかないことに気づいた。

一方は小さいながら総大将。

それに引きかえ我が息子は、まだ部屋住み。それも、公家《くげ》を真似《まね》て、和歌や謡曲などの遊芸にうつつをぬかし、武芸にはさっぱり身を入れない。

(情けないやつ。あれでは前途が危ぶまれてならぬ)

そんな思いで城を出ようとするものだから、なんとも気が重かった。

それに外の、この熱気は何だ。

駿府城の高層の広い本丸御殿を出て、城の縁から一歩地上に降り立った時、肌にじっとりくる湿度の不快さは倍加した。

(坂井大膳を始末せねばならぬ)

改めてそう思った。愚息氏真への怒りのとばっちりである。

(おれも人が良すぎた。あのような男を、氏真の回りにうろうろさせたことが失敗の元だったのだ)

実際、今川家には、大名諸国から逃げ出してきた坂井大膳のように、人が良いだけで全く無能な人物がごろごろいた。

戦国時代は、同族同士の実力のぶつかり合いでもあったから、後継者争いは血で血を洗う闘争である。

人のいい者ほど排除された。

今川の保護を受けている者は武田《たけだ》信虎《のぶとら》を除けば剛の者は一人もいなかった。そういう者を見せてきたのも氏真によい影響を与えなかったのだろう。

義元はいつの間にか、

「息子が悪いのではない、回りからの影響がよくなかったのだ」

という親馬鹿の世界におちいっていた。

義元には正室の子に氏真以外男子がなかった。その氏真が心もとないとしたら、どうすればいい。

（この際、いっそのこと信長を亡《な》き者とせねばならぬ）

思いは、さらに飛躍した。

（そうだ、あの桶狭間山とやらの信長との降伏会見。これが絶好の機会になる）

申し入れを聞くふりをして受けておき、その場で無礼打ちするか、あるいは毒殺する。

そうよ、あの桶狭間の清水とやらに毒を入れて呑《の》ませよう。

眼の前でのたうちまわる信長の姿を見るのも一興。義元は残忍な笑みを浮かべた。

義元は、やおら頷《うなず》くと、出発を告げた。

用意されているのは不慣れな乗馬である。駿府城下を出るまでは、領民の送別を受ける手前、乗馬で出発せねばならない。

街道に出れば輿《こし》に代える。

義元の軍はこうして、やっと動き出したのである。

4

十二日。

本隊は、その夜、藤枝泊まり。

十三日。

掛川到着。

十四日。

池田原（現磐田《いわた》市）に着く。

十六日。

岡崎到着。

十七日。

本陣池鯉鮒《ちりゅう》（知立）入り。

実にゆっくりした道程である。

原因は、義元が暑気で参ってしまったためである。

乗馬を嫌って乗った輿が屋根の照り返しの熱気で我慢できなかった。

危険をさけるために、当初は日よけを閉めていたが、どうにもならなくなって、これもあけた。

ついには輿もやめ戸板に乗った。このため家臣たちが織田方の鉄炮の狙撃を恐れ、前後左右に徹底した索敵行動が必要となった。

こうしてさらに隊の行進が遅れた。

実は、その索敵活動の中で、この時期、山中を馬の放牧で移動する〈山の民〉と遭《そう》遇《ぐう》していたのである。

放牧は、家畜を草地に放ち飼いにして生草を自由に摂取させる飼育方法で、特に子馬の生育には不可欠のものであった。

肉食の習慣のない日本では、古くは放牧はあまり見かけなかった。だが、平安末期の武家社会に入って、馬が武器として必需品となり、馬の放牧飼育が急速に発達した。平地がすくなかったせいもあり、馬の飼育地が山間部に求められ、〈山の民〉の有力な副業収入となった。

この放牧は草生期間である春から秋にかけて行われる。日本の場合、山間部の放牧地が狭いため、いくつかの「小牧区」に分け、順次場所を変えて草生の回復を図らなければならなかった。

いわゆる「輪転《りんてん》放牧」である。従って放牧には、絶えず移動がくり返された。

今川方の索敵部隊は、この〈山の民〉の放牧移動集団と接触していた。当然その探索は徹底的に行われた。

しかし、探索に赴いた兵士たちはその大量の馬の集団にみとれ、その馬飼いが皆老人であること——実はそれが〈山の民〉の変装に過ぎなかったのだが——に安心して、本隊に帰還した。

索敵部隊は氏真に報告した。

「なに、馬の集団が移動中だと」

氏真は眼を輝かせた。

義元と違ってこの若者は背が高く、足も長かった。

眉目《びもく》秀麗で乗馬を好んだ。馬に目がない。

この眼で、ぜひその壮観を見たいと思ったが、父親の手前、抜け出すわけにいかない。

(仕方がない。代わりに、京ではその馬に乗って鳥羽殿の馬場で流鏑馬《やぶさめ》をやりたいものだ)

自分の流鏑馬の勇姿を、是非父親に見せたい。そうすれば日頃自分を叱《しか》ってばかりいる父に、自分を見直させることができる。

氏真は、ひそかに〈山の民〉に、馬を清洲城に引き連れるように依頼した。その中から京に連れて行く馬を選びたいと思った。

すでに清洲城は今川のもの、と勝手に決めていたのである。

「お父君には、馬の集団移動をいかにご報告致しましょうか」

索敵部隊の兵は、氏真に訊《たず》ねた。

「捨ておけ、捨ておけ。父上は馬嫌いじゃ。戦勝の暁まで、馬の話は一切伏せておけ。清洲城での宴席に、良き馬を選んで連れてこさせよ。思わぬ戦勝の引出物となろう」

こうして、馬の集団移動の知らせは、義元に届かなかった。


しかし、もし、この〈山の民〉の動きについて、多少とも馬育の知識のある者が、馬の移動方向を見たなら、不審に思ったに違いない。

馬は、南に移動していた。

良馬を得るには、成長しきった夏の繊維質の強い草を避け、柔らかい生草を求めて、この時期は通常東北に向かわねばならない。

その方向が違っていた。

しかし、この事実に気付いた者は今川勢にいなかった。

里人も、みな今川軍の荷駄引きに狩りだされたり、今川軍の華麗な行進に見とれていて注意を向けなかったのだ。

こうして十八日、今川本陣は池鯉鮒から沓掛《くつかけ》城に入った。

その夜、沓掛城で最終の軍議が開かれた。

（降伏を受け入れるにせよ、目障《めざわ》りな織田の城砦《じょうさい》の軍勢は踏み潰《つぶ》してしまわねばならぬ。その後、信長と会見する。その席で信長を殺すか、万一生かすとしても手勢は一千人以下。できれば五百人までの小城の城主にしてしまわねばならぬ。それでなければ末森城に入りきれぬ）

これが義元の魂胆である。

信長の五つの砦《とりで》は、今川の拠点である鳴海《なるみ》城、大高《おおだか》城を分断するようにほぼその中間点にならんでいる。

分断するといえば体裁はいいが、逆にいえば、挟み込まれているということもできる。

沓掛の軍議では、皆、戦功を求めて先陣希望者が続出した。

だれもが本隊の後詰めを嫌った。

考えてみれば、美濃の道三なき後、京までの道程で合戦らしい合戦は、ここ尾張しかない。皆、腕をすってきた者ばかりである。

議論は、その分担争いで沸騰《ふっとう》し、収拾がつかなかった。

最後に義元の断が下った。

鷲津《わしづ》砦の攻撃は朝比奈備中守泰能《やすよし》。丸根砦の攻撃は松平元康。後の三砦は鳴海近在にあるため、すべて鳴海城にまかされた。

不思議だったのは、元康の丸根砦攻めへの起用である。

皆、（おう）というため息とも感嘆ともつかぬ声を上げた。

義元は、最初、元康を桶狭間の会見場に連れて行く積もりであった。ところが、

（たとえ今は敵方であっても、元は幼時の遊び仲間。その降伏する姿は見るに忍びませぬ）

元康は桶狭間行きを固辞した。

しかし、この信長の降伏の話は、もともと元康が持ち込んだものである。その決着をつけるのも元康の責任ではないか。義元は元康をひそかに呼んで叱った。

だが、信長の毒殺を考えるようになって、考えが変わった。

毒殺の現場を、たとえ人質といえど、元康に知られたくない。

自分の兄氏輝、叔父の彦五郎は武田側の手によって毒殺された疑いがある。密室での出来事だった。いまも今川方は、事の真相を知らない。知るすべもない。

（計りごとは密なるをもって上とする）

この自分の経験から、あえて元康を桶狭間の会見から遠ざけたのである。だから——、元康に武勲を立てさせる気などさらさらない。

元康が死なぬまでも、いまの元康の家臣（二百人）が一人でも多く殺されて兵力を削《そ》がれることが望ましい。

それには丸根がふさわしい。

なにしろ砦の主は佐久間大学盛重。五つの砦の内では一番手ごわい相手である。

これを元康に押しつけた。

「かしこまりました」

元康は義元の命令を聞くと、一礼して軍議の席を退いた。

明日は朝が早い。家臣に充分の睡眠を取らせる必要がある。自分も無理してでも眠らねばならなかった。

宿舎への帰路、一人になると、

(弥八郎に駿河に残す竹千代のことを頼んできてよかった)

と、つくづく思った。

この慎重男は、駿河を出るに際して、

「万一の時は、我等の後に残る竹千代をつれて岡崎へ逃げる算段をしておいてくれ」

と、弥八郎に命じてきたのである。この「万一」がなにを意味するかは、わからない。

が、この一言で弥八郎は、そう意味を理解したはずだ。

当時、竹千代(後の信康《のぶやす》)は二歳。

この赤子を築山殿から奪って駿府を逃げ出すのは至難の業《わざ》だが、弥八郎ならなんとか工夫してくれるだろう。

押しつけられた妻との間の子には違いないが、我が子は我が子である。万一残しておいて、二代目の人質にでもされたら後々の面目にかかわる。

(これで後顧の憂《うれ》いはない)

元康は呟《つぶや》く。

(明日の信長の出方で、おれの運命が決まるかも知れぬ)

そう思うと、宿舎に帰った後も、さすがに寝つけなかった。

5

翌五月十九日早朝。

今川義元の大軍は、織田方の急造の砦攻撃を開始した。

最初に血祭りに上げたのは、最先端にある丸根砦である。

佐久間盛重以下四百によって守られていたが、先陣の松平元康の手兵二百とこれを援護するおよそ二千の今川軍の前に、一刻《いっとき》（二時間）ともたずに全滅した。

次いで鷲津砦は織田秀敏以下三百五十。

これも今川勢の朝比奈泰能《やすよし》の手によって、軽くひねられた。

義元はここまでの報告を聞いて、機嫌よく沓掛城を出た。

巳《み》の下刻（午前十一時）頃である。

行く先は、もちろん桶狭間山。

これを知って、部下は、一様にその寄り道に驚いた。

（なんのための迂回《うかい》？）

義元の腹心武将岡部元信の鳴海城は鎌倉《かまくら》往還を経れば目と鼻の先にある。それを避けるようにして、なぜ東海道を南にはずれるのか。

沓掛城から東海道までは、山道を凡《およ》そ一里半（約六キロ）。輿《こし》に乗ってゆっくりと行けば一刻半（三時間）かかる。

それに、桶狭間山は、さらに東海道から一町（約百九メートル）以上はずれた場所にある。

当時の武将は、「山の頂」や「狭間」で食事を摂《と》ることはない。

これは鎌倉以来の武士の合戦の常識である。

桶狭間山は、人と会うためでなければ、寄り道する場所ではなかった。義元が、誰かと会うために出向いたのは明らかである。

その相手は信長と見て間違いない。

信長は殺すしかない。その手段は毒殺。

毒薬の調合は、元武田の手先として兄氏輝、叔父彦五郎を毒殺したと噂《うわさ》される二人のお抱え医師に、すでに指示してある。

兄や叔父殺しの憎い仇《かたき》である。

が、そのお蔭《かげ》で自分に跡継ぎ役が転がり込んだことも事実。

これに免じて、生かしてきた医師が、いま役に立つ。義元は、自分の目論《もくろ》んだ謀略の成功を確信していた。

6

一方の信長。

こちらは十八日夜来、城中の家臣を一切寄せつけず、「座禅中」と称して一人居室にこもった。

そして十九日早朝。

かねての手筈どおり、明け方、まだ真っ暗な中を、藤吉郎他十八騎の家臣を連れて清洲城を抜け出した。

城の見張りに見とがめられはしたが、早朝の巡回と見せかけ、城の南の山王社にゆっくり駒《こま》を進めて、そこから濠《ほり》を越えた。

総勢二十騎は、ゆっくりと進路を南西に取った。

空は快晴のようだ。

だが、やがて異様な朝焼けが東の空を焦《こ》がしはじめた。

清洲から東方向に向かうには、守山道、上野街道、東海道の三路がある。

このうち信長は、最後の東海道をとった。

熱田神宮をへて伊勢《いせ》湾を右に見ながら鳴海にいたる計画である。

熱田神宮は、清洲と桶狭間のほぼ中間地点にある。

一行はここで洗面を終え、朝の腹ごしらえをした。

宮司の千秋《せんしゅう》氏は織田家の家臣である。予告もない急な主君の到来だったが、なんとか用意を整えてくれた。

腹ごしらえを終わると、信長は戦勝祈願と称して奥本殿に籠《こ》もった。

実は、ここで元康の岡崎衆二十人の迎えを受ける約束であった。

桶狭間山への迎えは、松平元康が和睦《わぼく》の話の仲介をとったことから買って出たものである。

本心は、信長になにか魂胆ありとにらみ、その結果をいち早く知るためであった。

迎えの者の中に十人の足の速い〈逸足《いっそく》〉と呼ばれる者を紛れ込ませたのも、いち早く信長の様子を把握するためであった。

彼らが熱田神宮に現れたのは、信長が着いてから半刻（一時間）ほど後である。事情を知る信長と藤吉郎を除いて、後の十八人は、今のお屋形さまの行動が、なんのためかを知らない。

この間、彼らの苛立《いらだ》ちは頂点に達しかけていた。

特に槍《やり》の名手服部《はっとり》小平太は、大小の刀だけで、自慢の槍を持てない不平を鳴らして、信長に食ってかかる始末。

その不平は、やがて、やって来た敵の岡崎衆と藤吉郎が、なにやら親しげに話すので爆発寸前となった。それを信長がたしなめるという一幕まであった。

信長が、二十人の岡崎衆の先導で熱田神宮を出る頃、天候が一変し、風雨がつのってきた。

だが信長の心は、不安一杯で天候にまで気がまわらない。

ところが、藤吉郎は、（万事おまかせあれ）と眼顔で告げるだけで、一切語らなかった。

信長が、それでもなんとか耐えられたのは、熱田からの周囲の情勢を知った諦《あきら》めからである。

熱田から桶狭間山までの道程に、信長は、今川方の水も漏らさぬ厳戒態勢を見た。

(とても抜け駆けなどできなかった)

と、実感したのである。

今川勢は、一町ごとに百人、一里ごとに千人以上の部隊が、分団となって配置されていた。

今川勢の検問のたびに、案内する岡崎衆は、遠くからなにやら難しい合言葉を叫んで近づいた。

向かい合うと、今度は懐《ふところ》から鑑札を示し、相手の物と並べて見せ合った。

当時、武田軍が使い始めたという〈割り符〉と呼ばれる身分証明制度である。

これでは、犬の子一匹、許可なくして通れない。

街道を避けて間道をたどっても、もちろん同じであろう。

森や茂みにも乱破《らっぱ》(諜報員《ちょうほう》)がひっきりなしに乱れとび、こちらの移動を、たえず観察している様子が窺《うかが》われた。

籠城《ろうじょう》が駄目。

野戦が駄目。

間道の抜け駆けが駄目。

となると、なにが残るか。

皆目見当もつかぬが、すべてを、この藤吉郎という小男の策謀に託すしかない。

(それにしても、あやつは一体何者なのだ。すすどい(鋭い)、得体《えたい》の知れぬ男よ)

信長は、今更ながらそう思って藤吉郎をみた。

だが、当の藤吉郎は、至って陽気だった。

「朝は意外に冷えますな、小便が近うなってかないませぬ」

などといいながら、馬を器用に降りると、道端で前を広げて平気で放尿した。

空を行く鳥を見ては、

「鳥は気楽でよろしうござるな。あれはヒヨドリのようじゃが、この鳥はオンタ(雄)とメンタ(雌)が同じ色をしていて、なかなか見分けがつきませぬでな」

などと他愛《たあい》もないことをいう。

そうかと思うと、一々鳴く鳥の声を器用に真似《まね》ては、一行を笑わせ、時々ヒュッ、ヒュッと鋭い口笛を鳥に向かって放った。

それが、鳥の鳴き声の真似ではなく、〈山の民〉の仲間に、現在の居場所を知らせる藤吉郎のひそかな合図であることを知る者はない。

「うるさい、耳障《みみざわ》りだ」

と、皆、文句を言うばかりだ。

藤吉郎は、鳴海を過ぎて、やがて桶狭間山まで二町（約二百十八メートル）という木陰で、全員に馬を止めさせた。

「なんじゃ」

皆、怒ったように訊《き》いた。

「ここで降りて戴《いただ》き、馬をつなぎまする」

「後は歩けというのか」

返事もせず藤吉郎はさっさと降りた。先導する岡崎衆は馬上のままである。徒歩は逸足のみ。彼らは、黙って織田の二十人の下馬をみている。

どうやら合意の上の行動のようだった。

不思議なことに、信長も、だまって藤吉郎の指示に従った。そのため、他の者は文句がいえなくなった。

「そうそう、ここで大事なことを忘れるところじゃった」

藤吉郎は、にこにこ笑って、自分の馬につけてきた荷物の中から、油紙に包んだ茶褐色の塊のようなものを幾つか取り出した。

「なんじゃ、なんじゃ、それは」

十九人が藤吉郎を囲んだが、それは皆が鼻をつまむほど悪臭がした。

「この塊の油を手の袖《そで》、胸、膝《ひざ》、足の先へと、このようにすり付けて戴きまする」

藤吉郎は、委細かまわず自分の侍烏帽子《さむらいえぼし》、顔の頰当て、鎧直垂《よろいひたたれ》の四幅袴《よのばかま》のすべてに塊をこすりつけてみせた。

一同は、怪訝《けげん》な面持ちで顔を見合わせるだけである。

「なんのためにするのじゃ」

「まじないでござる。この匂《にお》いが悪鬼を払いまする」

藤吉郎は、へらへら笑いながら答えた。

「でたらめを申すな。悪鬼などと人をばかにしくさって」

皆、顔をしかめて不平をいった。

「拙者の申すこと信じなされませぬか。では、あとで必ず後悔なさいまするぞ」

「うるさい。猿の言葉など、だれが信じるか」

ほとんどの者がそっぽを向いたままである。

「では止《や》むを得ませぬな」

藤吉郎は、そういうと、ちらりと信長をみて、その前に進んだ。

「お屋形さまだけは、是非とも拙者の言うことを信じていただかねばなりませぬ。では失礼つかまつる」

返事も聞かず、今度は信長の革頭巾《ずきん》、金襴《きんらん》の陣羽織、四幅袴、刺足袋《さしたび》のすべてに、所かまわず嫌な匂いの塊を塗りたくった。

だが、「無礼なやつ。やめよ」と怒ったのは、周囲の者ばかりである。

信長は、藤吉郎にされるままに無言であった。

信長が黙って塗らせるので、一番近くに控えていた服部小平太と毛利新介、そして最後に簗田《やなだ》政綱の三人だけが、

「では拙者も」

と、しぶしぶ藤吉郎の言葉に従った。

他の者は最後までそっぽをむいたままであった。

この頃、風雨が激しくなり、桶狭間山に暗雲がたれこめた。

そこでは、およそ半刻（一時間）ほど前から酒宴が始まっていた。

当初、義元の警戒心は強かった。しかし、乱破からの報告によって、信長の一行が約束通り、わずか二十騎で熱田を立ったことを知り、次第に警戒のたづなを緩めた。さらに、もたらされた報告は、その信長のいで立ちが、義元が条件とした大小の太刀のみ。鉄炮《てつぽう》、弓、槍などを一切携えていないことを知った。

また、別に、信長の本隊が、依然清洲に釘《くぎ》づけのまま動いていないことを報じてきた。

（信長の降伏は本心）

義元はそう思い始めた。

来てみると桶狭間山は、木立も多く、暑気のしのぎやすい格好の場所であった。背後には丘があり、一町ばかり松林が茂っている。その松林を背に陣幕が引かれ、急造の葦簀《よしず》張《ば》りの掛茶屋ができていた。

「ほう、気のきいたことよ」

義元はそう思った。聞くと地元の村長《むらおさ》、僧、神主、百姓たちが、うち揃《そろ》って「戦勝祝い」に参上しているのだという。

勝栗《かちぐり》、御酒《みき》、コンブ、米モチ、粟《あわ》モチ、イモの煮つけ、大根のにしめなどを持参しての挨拶《あいさつ》だった。

それに、たまたま来合わせていたと称する、尾張万歳、傀儡師《くぐつし》、田楽師なども控えていた。

(どうも話がうますぎる)

と、思わなかったわけではない。

しかし、この中で白昼公然と行う信長の殺戮《さつりく》も、また一興ではないか、という義元の残忍な心の余裕が警戒心を上回った。

(わが兄も、かような宴席で、音曲の騒々しさの中に紛れて、武田衆に毒殺されたのかも知れぬ。騒音がかえって疑惑を招かなかったのだ。その武田の謀略の先例を、今度はこの俺が演ずる番だ)

義元は配下の武将に命じた。

「音曲などは、余の合図をもって始めよ。地元の農夫が持参せし品々、丁重に礼をいって受け取ってよい。ただし食べ物の毒味は忘れるな。しびれ薬などに充分注意するのだぞ。特に酒と水に注意せよ」

警戒はそこまでであった。

しかし、せっかくの酒宴の興趣をそぐように、風雨が募り、雷鳴が近づいていた。

## 7

もう一つの動き。

それは〈山の民〉の集団である。

彼らは、義元の駿河出発以来、今川軍の移動を的確にとらえ、それに応じた行動を続けてきた。

五日前に三国山を発した、およそ五十騎の〈山の民〉の精鋭は、ひそかに一旦《いったん》南下し、今川方の索敵部隊との接触を馬飼い集団の中に隠れてやり過ごした。

その後は、馬と共に寝起きして、一路桶狭間山に向かった。

彼らの動きは下から見通せた。

だが、平地から見える尾根伝いを通る時、精兵は、必ず馬の横腹に掛けた袋の中にもぐりこみ、見つからない工夫をこらした。

衣裳《いしょう》は馬と合わせた茶褐色。

刀、槍などは革袋に入れて、やはり馬の横腹に隠した。

雷が近づくと、革袋に長い紐《ひも》をたらし、馬の間隔を充分置いた。

避雷の知恵である。

こうして十九日の昼頃、〈山の民〉の精鋭五十人は、雷鳴轟《とどろ》く中を、馬の腹掛けから、するすると抜け出し、草深い藪《やぶ》に入った。

そこで衣裳を裏返しに着た。

裏は茶褐色でなく草色の迷彩色であった。

彼らは五十匹の犬を連れていた。いずれも大人の身の丈もありそうな黒犬である。

皆、口に枚《ばい》（横木）をかまされており鳴き声は一切発しない。

〈山の民〉の精鋭部隊は、暗雲たれこめる桶狭間山の裏手に、一歩一歩近づいていた。

今川の警戒網は、酒宴が進むにつれて次第に座が乱れ始めた。

義元の図った「信長毒殺劇」を知る者は腹心の数人と二人の薬師《くすし》。

他の者は、ただの降伏調印式と思っているから思わぬ馳走《ちそう》を前にどっと気の緩みが出た。

信長はどしゃぶりの風雨のなかを、岡崎衆に先導されて、二十人の先頭に立った。

いや立たされていた。

先頭に立つ前に、藤吉郎の顔をのぞきこんだ。

藤吉郎は、信長の耳元で早口で囁《ささや》いた。

「この風雨も含め、すべて計画どおりでござる。ご安堵《あんど》召されよ」

それを聞いて、信長はふっ切れたように桶狭間山にむかって急いだ。

(この際、余計なことは考えまい)

両側は、ぎっしりと今川軍の人、人、人である。

だれもが岡崎衆の後に従う二十人の集団を見た。

が、その先頭に立つ嫌な匂いのする薄汚れた装束の男が、敵の総大将織田信長であることを知る者はなかった。

今川方には、もう一つ先入観があった。

すでに、信長の行方については、(信長、今朝美濃へ逃亡)の流言が拡《ひろ》がっていたのである。

信長は、こうして、敵中を抜けて、義元の待つ葦簀《よしず》張《ば》りの掛茶屋前に立った。

(どういう態度で義元と会うか)

そこまで藤吉郎に訊くわけにはいかない。だが、そんなことは考える必要がなかった。

強風がすべてを滅茶滅茶にした。

それに、強い風雨が信長の身につけるものすべてから発する異様な匂いまで消した。

信長は、葦簀の入り口で、両刀を腰から抜き、警護の侍に預けて丸腰になった。

これまで散々自分が敵にやらせてきたこと。

それを今、自分がさせられる。

信長の生涯で、唯一《ゆいいつ》、最大の屈辱の時であった。

守備兵は、横柄《おうへい》に言った。

「ここから後は、警護の方は三人までじゃ。それ以上は、この茶屋に入ることまかりならぬ」

藤吉郎は、こっくりうなずくと、信長に目配せして、無造作に服部、毛利、簗田の三人を押し出した。

しかし、自分は茶屋の入り口近い場所に立ったまま中に入らない。

(よいのか、そちは)

(よいのです)

二人は眼だけで語り合った。

義元はこの信長との会見で、最初にどう切り出すべきかを、信長同様、散々考えてきた。

しかし、天候が、義元の思案のすべてを吹きとばした。

この時、滝のような雨が降り注ぎ、風雨は葦簀の掛茶屋の赤い毛氈《もうせん》をはね上げた。

二人は、共にしゃべることはおろか、視線を合わすことすらできなかった。

その時である。

風雨の中を、藤吉郎の、つんざくような鋭い口笛が北側の藪に向かって三度鳴った。

急なことで、「なにをするのだ」と今川の護衛がとがめるのが一瞬遅れた。

これを合図に、裏の丘の左右に激しい犬の遠吠《ぼ》えが始まった。

「なんだ、なんだ、狼《おおかみ》の襲来か」

今川の警護の侍たちは、黒雲たなびく北辺の丘を見上げ、その左右を凝視した。

しかし、それは囮《おとり》の声であった。

葦簀の今川の守備隊の注意が、左右に散った瞬間、一塊となった黒犬の集団が、猛烈な勢いで、中央から葦簀の掛茶屋に突進してきた。

犬は一斉に飛び上がり、周囲の侍たちの喉笛《のどぶえ》にむしゃぶりついた。

遅れじと、五十人の草色の精鋭集団が後を追ってきた。

犬におびえきった今川の護衛が立ちすくむ中を、草色の〈山の民〉の集団から、茶屋の服部小平太に声がかかった。

「服部氏《うじ》、服部氏、どこじゃ、ほれ槍《やり》だぞ」

さっと投げられたのは、狭い葦簀張りに向く六尺の短槍《たんそう》。

槍さえあれば強力無双、敵なしの小平太、（得たりや）とこれを受け、正面の義元に笹穂《ささほ》の槍先を向けた。

犬の襲来に度肝を抜かれていた義元は、呆然《ぼうぜん》と立ちすくむだけで、自慢の佩刀《はいとう》を抜く間もない。

日頃、長柄物の槍に慣れていた小平太は、力余って穂先がはずれ、義元の股《また》を刺した。

義元はその場で、どうと倒れた。

そこを毛利新介が、倒れた敵将から奪った刀を、抜く手も見せず一閃《いっせん》。

義元の首が、血飛沫《ちしぶき》あげて宙に飛んだ。

葦簀の内外の今川方は、今、眼前に起きていることが信じられなかった。

ただ、ただ犬の恐怖に圧倒され、顔を見合わせて、「おうおう」とわめくだけであった。

この惨劇の進行中、もう一つの寸劇が並行して進行した。

突進してきた黒犬のうちの一匹が義元の持参した文箱を探し出した。

これを足でけ散らし、その紐を食いちぎり、中の数枚の書面だけをくわえた。

それを藤吉郎のところへと、飛びはねるようにして持参した。

「でかしたぞ権六《ごんろく》」

権六――嫌いな柴田の名にちなんだ藤吉郎の愛犬の名である。

藤吉郎は、その頭を手荒く愛撫《あいぶ》した。そして、くわえてきた書面をしっかと懐《ふところ》におさめると、信長に向かって叫んだ。

「お屋形さま、ご帰還を！」

葦簀張りの掛茶屋の中に居並ぶ今川方の武将は、悉《ことごと》くその喉元を食い千切られていた。

周囲の護衛も同様である。

義元の首とその自慢の佩刀〈左文字《さもじ》〉を新介が背負った。

藤吉郎の大音声《だいおんじょう》が再び響く。

「ご帰還！」

二十人のうち生き残ったのは、悪鬼よけのまじないを塗った五人だけであった。油を塗りたくった者にだけ、犬がかみつくことがなかったのである。

なお、藤吉郎の絶叫が続く。

「馬をつないだ先ほどの場所まで脇目《わきめ》もふらず走り召されよ。途中、大声でわめかれよ。御大将今川義元さま、雷に打たれて即死。金物は一切捨てよ、地に伏せて雷を避けよ。儂《わし》らもそうじゃ。槍と血塗られた衣類、刀などはすべて捨てるのじゃ」

四人は、言われた通りを大声で叫びながら、裸同然のなりで走った。

聞く今川の軍勢は、まさかその絶叫して走る者が主君密殺の張本人とは思わない。

「お屋形さまが雷に打たれたと。桑原、桑原」

皆武器を放り出して伏せ、道を開くのみであった。

その間に、〈山の民〉の五十人と犬はかき消すように消えた。

数匹の犬が犠牲になったが、その死骸《しがい》も、きれいに持ち去られた。

やがて暗雲が去り、燦々《さんさん》とした炎天が戻った。すべてが初夏の一瞬の白昼夢であった。

その犯行の主役、信長すらそう信ぜずにはいられなかった。

信長は一路、熱田への道を馬をせかせながら自問した。

「これは夢ではない、夢ではないぞ」

何度も、何度も自分の頬をたたいた。そして腹から笑いのこみ上げるのをとめることができなかった。

五人は熱田神宮で一息入れた。

そこから、清洲に総員出陣の指令をとばした。

しかし、指令の意味を解しかねた本隊は、清洲でなお逡巡《しゅんじゅん》したままであった。

信長は本隊の怠慢《たいまん》に怒り狂い、彼らが熱田に到着するや絶叫した。

「見よ、憎《にっ》くき今川義元。余は、今朝、この手で討ち取って戻ったぞ」

小平太の持つ竹竿《たけざお》の先に義元の首らしき物が下げられていた。

「おおう」

「まさか、まさか」

異様などよめきが走った。

朝から御大将は行方知れず。

逃亡したのではあるまいか——、そんな疑心暗鬼だった武将たち。

そこに、なんと敵の総大将の首一つぶらさげて、お屋形さまが戻ってきたのである。

驚かないわけがない。

しかし、信長は委細かまわずどなり続けた。

「よいか、敵は将を失って浮足立っている。残党同様じゃ。追い打ちせよ。砦軍《とりでぐん》の弔い合戦ぞ」

織田軍の意気はいやがうえにも上がった。

一方、今川軍は、ほとんど無傷であった。実のところ総大将が事故死しただけに過ぎなかった。

氏真に多少の才覚があれば、容易に巻き返しは可能だった。

だが、この脆弱《ぜいじゃく》な息子は動かなかった。

動転、浮足だったところに、駿府から密書が届いた。

「今朝、武田・北条連合軍、駿府攻撃中。苦戦。応援得たし」

氏真は、この報に驚き、即時帰国を決めた。

むろん、藤吉郎が、小六、小右衛門を使って撒《ま》いた偽諜報であった。
氏真は、戻ってきた駿府の平穏な様子を見て、
（謀《はか》られた）
と悟った。
だが、もう一度引き返して、父の復讐《ふくしゅう》を、という気力も気概もなかった。
言葉を失ったように、呆然と座ったまま動くことを知らなかった。

# 第五章　それぞれの桶狭間《おけはざま》

## 1

五月十九日早朝。
松平元康《まつだいらもとやす》は、丸根砦《とりで》の織田軍をあっさり葬《ほうむ》り去った。
相手に戦意が全くない。こちら元康の側の被害も軽微で終わった。
あっさりと降伏した一部の徒兵《かちへい》に、その理由を質《ただ》すと、
「お屋形さま（織田信長）は美濃《みの》に逃亡されたと聞いた。それでは戦う意味がない
……」
との返事が返ってきた。
一体誰が流した偽諜報《にせちようほう》なのか。

この俺の部下が、今の今、おまえたちの大将を、桶狭間の今川義元の本陣に誘導している最中なのに——。

(知らぬが仏とはこのこと)

元康は苦笑するしかなかった。

この後、手持ち無沙汰《ぶさた》のまま、西進する今川軍の備蓄食糧を大高城《おおだか》に搬入する雑仕事を手伝った。

ここで初めて、義元が、「落雷に打たれて死んだ」という噂《うわさ》を耳にしたのである。

「偽りであろう。あの用心深い義元に、そのようなことある筈《はず》がない」

元康は容易には信じなかった。人一倍雷嫌いの義元である。雷が近いとなれば、早々に鎧兜《よろいかぶと》や佩刀《はいとう》を放り出すような男だ。

(ひょっとすると義元は、自分の死を信じ込ませて、この俺を桶狭間に誘い出して、どさくさ紛れに、殺そうとする魂胆《こんたん》ではないのか)

僧侶《そうりよ》出のくせに、義元が至って謀略好きであることを元康は知っている。これまでも、姑息《こそく》な手段を使って、何人もの敵を闇《やみ》に葬《ほうむ》ってきた。

敵ばかりではない。人望のない信長を見限って、折角味方になった織田方の豪将山口左馬助親子を、甘言をもって、おびき出して毒殺したとの噂がしきりである。父と共に毒殺された息子の教吉《のりよし》は、子供の頃からよく知っていた。父に似て筋を通す立派な若者だった。

慎重居士《こじ》の元康は、しつこいほど探りを入れて義元の安否を調べさせた。その結果、判《わか》ったのは、義元が会見の場所で、信長に討たれたという〈仰天の事実〉だった。

「間違いないな」

「間違いござりませぬ」

そんな会話が配下の細作《さいさく》との間で、何度となく往《い》き来した。

だが、信じた後の元康の決断は速かった。後も見ずに、故郷岡崎に転がり込んだのである。

(氏真《うじざね》では駿河《するが》は束《たば》ねられぬ。まして、この難攻不落の岡崎城を攻めることはできぬ)

この自負が、元康の行動の裏付けにある。

岡崎城。

百年以上の歴史を持つ古城である。

矢作川《やはぎ》と大平川の合流点に近い霧降山南西端を本丸とし、二の丸、三の丸、浄瑠璃《じょうるり》曲輪《くるわ》などを配した古今の名城で、難攻不落を誇った。

元康が駿府《すんぷ》に預けられている間も、今川方から城代が詰めていた。西の織田への最前線の守りとして、義元は城の強化に金を惜しまなかった。

もっとも、その資金は、三河の農民に課した酷税によるものではあったが、お蔭《かげ》で城の防御は、元康不在の間に、一層強固なものになっている。

ところが、桶狭間山の異変を聞くと、城代ら今川駐留軍は、あたふたと帰国してしまったのである。

元康は、もぬけの殻となった城を易々《やすやす》と取り戻した。

それればかりではない。城内は、今、城主元康を迎えて、今川からの支配の離脱を喜んではせ参じた家臣団で満ちている。城下には、今川の苛斂誅求《かれんちゆうきゆう》から解放されて、喜びに湧《わ》き立つ農民がいた。

だが、そんな喜びに浸っている余裕はない。

義元なき今川

新興の信長

そのどちらと、どのような関係を保つべきか——これが目下の課題であった。

(それにしても、一体、桶狭間山で何があったのだ)

十一年ぶりに座った城主の座は、居心地がいい。だが、元康は、まだ義元の謎《なぞ》の死を巡って思案中である。

翌五月二十日。

元康は、前日、信長の一行を桶狭間に案内させた逸足《いっそく》の生き残り組を、居間の前庭に引き出して引見した。

犬と雷の襲来から、命からがら脱出できたのは、わずか五人である。

「そなたらは、その場におりながら、なにを見ていた。その眼は節穴か」

元康は、先ほどから、きりきり歯がみして悔しがっていた。

しかし、逸足たちの方は、いくら主君に怒鳴られても、昨日のことが、なに一つ思い出せない。まるで白昼夢だったという。

「いかにせん嵐《あらし》吹きすさぶ、目もあけておれぬありさまでございましたれば……」

その一人、首領格の者が、恐る恐る言上した。

「ええ、愚かな。弁解無用」

元康は、最後には、怒りにまかせて、脇息《きょうそく》を、ポンと蹴《け》り落とし、逸足を追い払った。


翌二十一日。

「弥八郎をこれへ――」

元康は、昨夜遅く息子竹千代を連れ戻した弥八郎を自室に招くと、早速二人だけの密談に入った。すでに弥八郎から竹千代の駿府城脱出の経緯は知らされている。

元康の密命を帯びて駿府城に待機した弥八郎の部下の忍び数人は、桶狭間山の異変を知らせる今川衆の報告を小耳にはさむと、素早く築山殿《つきやまどの》の別邸に向かったという。

すでに義元討ち死の報で築山殿の周辺は大混乱に陥っていた。

（しめた。この機に乗じよう）

彼等は、発煙筒を別邸の廊下に投げ込んで叫んだ。

「曲者《くせもの》だ！　放火でござる。お出会いめされよ」

驚いて竹千代を連れて飛び出してきた乳母に、声をかけた。

「御子と共にこちらへ」

火事から待避させるように見せかけ、乳母を中庭の松陰に誘い込む。

そこで、当て身をくらわせて乳母を悶絶《もんぜつ》させると、易々と幼児を奪って逃走したのである。

後は、駿河湾から漁船を仕立て、二日がかりの帰国の旅となった。

「ようやってくれた」

手を差し伸べて礼をいう元康を、弥八郎は、「なんのこれしきの細工が」と笑顔で制止し、

「それより、此度《こたび》の異変について、拙者《せつしや》の存念は……」

と、察しよく自分から切り出した。

「まったく思いもかけぬ外からの援護攻撃であったとのことで」

「なに、外からの援護だと？」

元康は、意外な報告にも、まだ疑心暗鬼だった。

「はい、拙者、今朝、ただちに彼ら逸足を再吟味致したところ、ぽつりぽつりと、思いだしながら語るところによれば――」

「うむ」

元康は思わず身を乗り出す。

「信長の一行二十名は、約束どおり大小のみを腰に、徒《かち》にて桶狭間山に参上。極めて低姿勢だった由《よし》」

「降伏との触れ込みじゃ、当然であろうが。それで、こちら今川勢は？」

「本陣に葦簀《よしず》の掛茶屋を巡らせ、副将蒲原氏徳《かんばらうじのり》、旗頭三浦義就《よしなり》、旗奉行庵原《いはら》元政さまはじめご重臣方、義元さまの左右に計六名。その他、腕の立つ屈強な者十数名が義元さまを警護されていたとのこと」

「で、相手の信長側の二十人はどのような形で？」

「葦簀の掛茶屋に入ることを許されたのは、信長の他には三人のみ。それも、信長を含め全員、腰の物まで入り口で召し上げられ、まったくの丸腰だったとのことで」

誘うような目つきで、弥八郎は元康の疑問を待っていた。

それを承知で、元康は乗った。乗らずにいられなかった。

「それでどうして義元を討てる。討てるわけがなかろうが……」

思わず自分の言葉に力が入った。

「原因の一つは、折からの風雨。その時、桶狭間山の天候、はなはだ悪く、両者とも目を閉じ、顔を伏せるしかないありさまだったとのこと」

「余の訊《たず》ねた時も、逸足どもは同じことを言った。だが、風雨の影響は双方同じではないのか」

「いかにも……」

弥八郎は、訳知り顔に受けた。

「しかし、そこに突然、草色の衣裳《いしよう》を纏《まと》った異様な戦闘集団と数十匹の犬が乱入し、今川方は、あっという間に、猛犬にかみ殺されたとのことでござる」

「なんだ、猛犬だと！」

「馬鹿《ばか》な」と言いかけて、元康はおもわず腰が浮いた。

そんな「奇手」があったとは！　ただ、ただ驚きの一語だ。

「葦簀の今川本陣の者は、あっという間に、皆、喉笛《のどぶえ》を食いちぎられ、刀を抜いて応戦できた者は皆無とのこと。織田方も葦簀の外にいた者は、今川勢同様、ことごとく喉笛をやられて倒れたそうでござる」

「ほう、織田方にも犠牲者があったのだな」

犬畜生のこと。敵味方の分別のないのは当然と元康は思った。

「で、その遺体は？」

「もちろん放置されたまま。その数十五体と聞き及びました」

「十五体？　それはおかしいぞ。数え違いではないか」

「当人らは間違いなく、敵方は十五体だったと申しましたが」

元康は素早く暗算していた。

「総員二十人のうち、許されて会見場に臨んだ者は信長を含む四人。それは全員無事に帰還したのであろうが」

「御意」

「なれば、二十人から四人を引けば、信長方の遺体は、十六体なければならぬ算用だが」

「仰《おお》せのとおり、遺体が一人足りませぬ。拙者も、これに疑問を抱き、何度も質《ただ》しましたが……」

「で、返事は？」

「さて、と首を傾《かし》げるばかりで。恐らく殿の仰せのとおり数え間違いかと存じますが」

弥八郎は、軽くそう答えた。

「いや、そうとは限るまい」

元康は、にやりと笑った。

「もしかするとその一人が、犬の手引きをした張本人かも知れぬ。騒動の後、犬と共に原隊に戻ったとも考えられようが」

「なるほど。そこまでは気づきませんでした」

弥八郎は、元康の洞察の深さを感嘆の目で見つめた。

だが、元康は、そんなことにお構いなく、話の先を急いだ。

「で、肝心の義元はどうなったのじゃな」

「義元公は、一瞬にして首を切りとられ、自慢の佩刀も消えたそうでございます」

「なに！　首を切られたと？　部下同様に犬に食いちぎられたのではなかったのか」

「いえ。義元さまだけは、明らかに鋭利な刃物で首を切られた形跡があった、と逸足どもは申します」

「にわかには信じられぬな」

ここでも元康は慎重だった。

「お疑いはごもっともなれど、義元さまの首のない遺体は、その後間もなくやってきた氏真殿が持ち帰ったとのことで――」

今更検証はできないというのであろう。弥八郎は、いささか憮然《ぶぜん》とした顔つきで答えた。

2

元康は、まだ納得できないままでいる。困った時の癖で、無意識に親指の爪《つめ》を嚙《か》み始めて、慌《あわ》てて止《や》めた。

「信長公も、葦簀《よしず》の中の三人も、みな丸腰であろう。だとすれば、首を切れるわけがあるまい」

「大かた乱入した集団の手業ではございますまいか」

「かも知れぬ、そうでないかも知れぬ。しかし、首なき義元の胴を、逸足らは確かに見たのだな。間違いないな」

逸足あたりの言葉は信じられぬ。そんな気持ちである。

「間違いなく見たと申します。その残った胴の首根っこの切り傷からみて、よほどの刀の遣い手の技だろうと申しておりました」

「切り傷まで念入りに見て、申すのなら仕方あるまい」

「しかし……」

元康は、爪を懐紙で拭《ふ》き、ようやく納得した。

「氏真も、首のない父の遺体を駿河に持ち帰るなど、とんだ恥晒《はじさら》しなことよな」

最後は鼻先で笑った。

「全く」

弥八郎は大きく頷《うなず》いた。やっと話が一歩進んだ、やれやれという安堵《あんど》の顔である。

「まあ、そんなことはどうでもよいわ。では次に、例の草色の集団と犬が事じゃ。これはどうなったな」

「奇襲が終わると、かき消すように消えたらしうございますな。犬の毛は、あたり一面に飛び散っていたようでございますが、一匹の犬の死骸《しがい》も残ってなかったとのことで」

「ほう、犠牲になった犬は何匹かは知らぬが、その遺骸まで集めて持ち帰ったのか」

元康はうめいた。

「で、信長公は？　なぜ信長公と他の三人は、犬に食い殺されなかったのであろうか」

「これもまた謎で……、しかし、信長公らが無傷のまま退散したことは確からしうございます。帰り際《ぎわ》には、四人全員が、『殿は、雷に打たれて死んだ』と、勝手なことを触れ歩きながら、一目散に逃亡したそうで」

「見事なめくらましじゃな」

元康は嘆息まじりに呟《つぶや》いた。

他人事《ひとごと》ではない。自分も一時は「義元は雷に打たれて死んだ」という噂《うわさ》を信じかけた身である。

「左様でございますな。義元さまが雷に打たれたといえば、今川の兵は皆、やれ恐ろしやと、武器や金物を捨てて、地に伏しましたろう。伏して『桑原、桑原』などと叫んでいたのかも知れませぬ。信長公は、その間を悠々と逃げ帰った。それも証拠の品を、なに一つ残さずに」

「いや、そうではなかろう」

元康は、ここで、またにやりと笑って見せた。

「と申されまするか？」

「例の手紙よ。降伏申し出の」

弥八郎は、この元康の言葉に、あっと声を上げた。

「そうでしたな、殿。さすが御炯眼《ごけいがん》。会見の場所なれば、義元さまは、必ずあの密書を駿河から持参し、条件の確認を求められた筈《はず》」

「そうよ、そこよ」

元康は膝《ひざ》を打った。

「今となっては、あの集中豪雨の後じゃ。万が一にも手紙など残ってはおるまいがな――」

ちらりと弥八郎を見た。見てきてくれぬかという気持ちを込めて。

以心伝心。弥八郎は元康の気持ちを察したようだ。

「念のため、拙者に現場を見よ、と仰せで」

「済まぬ。だが、織田方の遺体の数のこともある。ご苦労だが行ってみてはくれぬか」

「喜んで。確認できますことあれば、ほかにもしかと見て参りましょう」

弥八郎は、この場からでも飛び出したいような、やる気を見せた。自分でも現場を見ないと腑《ふ》に落ちない所を感じたのかもしれない。

元康は、そんな弥八郎を落ち着かせようと、やや抑え気味に言った。

「万一ということもある。道中の警戒に、逸足どもを連れていけ。道案内にも役に立とう」

「二人ほど屈強な者を選んで参りましょう。では……」

「まあ待て」

元康は、弥八郎を押しとどめて、にっこり笑った。

「時にな」

「時に、なんでござる？」

「そなたの話を聞いていて、ふと不思議に思ったことがある」

「はてなんでござりましょう」

「余は、昨日そなたと同じ逸足どもに同じようなことを訊ねたが、一向に要領を得なんだ。ところが、そなたが後から訊《き》くと、同じ逸足がこれだけのことをしゃべる。わしだとしゃべらぬのが、なぜ、そなただとしゃべるのか。腑に落ちぬ」

「ははははは、それは殿がお悪いからでございます」

弥八郎は平然と言った。こういう、上へのきわどい批判は松平家では平気で行われる。

「なに、この元康が悪いと？」

「左様でござる。殿は、初めからいらいらされて、頭ごなしにお怒りなされた由。皆恐れをなして、知ることも一時、頭から抜けてしまったとのことで」

「そうか。怒りは敵だったか」

あっさり兜《かぶと》を脱ぐしかなかった。

「さようで。日ごろ殿が申されていることでござりまするぞ。だが、他人には教訓を垂れても、ご自分の事となると、名言も形無し。とんとお解《わか》りにならぬようで」

「全くだ。以後、心しようぞ」

「それでこそ我が殿。では御免。今後のご反省には、座禅がよろしいようで」

「そこまで主人を虐《いじ》めるものではないぞ。いいからとっとと行け」

口で叱《しか》ったが、目では笑っていた。


数日後、弥八郎が戻った。

義元の高価な螺鈿《らでん》の文箱は見当たらなかったようだ。だが、巻紙の手紙のような灰色の塊が、倒れていた掛茶屋の葦簀にべっとりと張り付いていたという。

「しかし、そのすべてを集めて、そっと竹べらを使って拡《ひろ》げてはみましたが。これ、この通り——」

弥八郎は、持参した大きな安物の重箱を押しだして蓋《ふた》を取った。

元康が覗《のぞ》くと、一つ一つの箱の底に、どろどろした糊《のり》状の紙束が付着していた。文字は滲《にじ》んで消えたのであろう。皆目判じがたい。もちろん、義元への降伏書面に滲《し》みこませたと思われる、あの安い伽羅《きゃら》の香りは全くなかった。

「もうよい」

と、元康は重箱を押し返した。

「あの風雨では、たとえ香りを滲みこませた手紙でも、匂《にお》いも香りもすべて失《う》せるであろうな。だが、犬の嗅覚は我等より何十倍も優れていると聞く。念のため、そなたも密書を再現してみよ」

「えっ再現？ と言われますと」

「まず、犬に伽羅の香りを教え込ませよ。次いで、その香りを滲みこませた巻紙とそうでない巻紙を並べて、均等に水を注げ。その後、二つを犬に嗅《か》がせて香りの有無を選ばせるのだ。果たして犬に判別できるかどうか」

「わかりました。早速試してみることにいたしましょう」

弥八郎は、元康のしつこさに半ば感心、半ば呆《あき》れたように答えた。

結果がでた。

水で洗い流した後も、犬は無臭の巻紙と、一旦《いったん》伽羅を滲みこませた巻紙とを、きっちりと嗅ぎ分けたというのである。

弥八郎から報告を聞いた元康は、

「そうか……」

と言って、しばらく考え込んだ後、やおら呟いた。

「ということは、弥八郎。そなたが桶狭間山から持参した濡《ぬ》れた巻紙は、例の密書ではないということになるな」

「御意」

「しかし、会見に際し義元は、あの密書を間違いなく持参した筈だ。と考えると、密書の行方《ゆくえ》はどうなる」

「誰かが、あの現場で、奪っていったとしか考えられませぬ」

「では、それは誰じゃ」

元康は、身を乗り出して訊《たず》ねた。

「信長公でござろうか」

「いや、違うな。信長公は、あの屈辱の場では、それどころではなかった筈。他の三人とて同じじゃろう」

「とすると、残るは消えた十六番目の遺体の主ということでござろうか」

「そうかも知れぬ。だが、その男は葦簀張りの外に居た。内部の文書の在処《ありか》などは解らぬだろう。それに、あの修羅場では、そんな密書探しは到底出来ぬわ」

「と、なると後は……」

「頭を働かせよ、弥八郎」

「残るのは犬しかおりませぬが、まさか犬が……」

「それよ。その、まさかであろうな。かの手紙は、犬に匂いを教えて探し出させて奪い返したのだ。犬から受け取ったのは、その十六番目の男であろう」

「なるほど。あり得まするな」

「しかし、一体、織田家中のどこに、そんな知恵者がおるのじゃ。いやはや、そ奴《やつ》めが恐ろしいわい」

二人が織田軍団の〈懐《ふところ》の深さ〉を改めて知った一瞬となった。

3

もう一人、義元の死を最後まで信じない、いや信じたくなかった男がいた。

鳴海《なるみ》城主岡部五郎兵衛元信。義元の信頼の最も厚かった武将である。

十九日早朝。

元信は、城から四町（約四百三十六メートル）ほどのところにある織田の善照寺砦《とりで》と中島砦を一気に葬り去った。善照寺砦軍はほとんど全滅。中島砦軍は合戦半ばで敗走するものが続出し、戦闘は中断された。

まったく戦さにならなかった。残るは丹下砦のみである。

だが、これは、やや西に位置しており、明日、御大将義元の来駕《らいが》を待って、とっくりと今川軍の戦さぶりをご披露するためにとっておいた。

それほどの余裕があった。

そこに、降って湧《わ》いたような義元の死。それも死地は桶狭間山という、全く作戦外の場所であるという。

「愚かなことを申すな。お屋形さまは、昨夜は沓掛《くつかけ》泊り。今朝東海道をゆっくり西に向かわれるご予定じゃ。この雷鳴とどろく折に、そのような山頂でご休息される筈はない。まして武将たるもの、敵方の饗応《きようおう》で中食《ちゆうじき》を取るなど論外のこと」

元信は、部下の言うことに、まったく取りあわなかった。

ところが、あまりにも義元討ち死の報告が真にせまっていた。

（騙《だま》されたと思うて、今朝の戦さの視察を兼ねて、一応本陣に出掛けてみるか）

ふと、そんな気になった。

最前線の総大将としては寸刻も現場を離れることはできない。だが、すでに織田の先陣は壊滅状態にある。後続の織田軍主力は、まだ清洲《きよす》に留まっていることは確認した。

それなら、一刻《いっとき》程度の間なら、本陣へ報告に往復する余裕はある。元信は、充分な計算のもとに従者五十騎を連れて東へと急いだ。

鳴海城と桶狭間は二里(約八キロ)と離れていない。よく馬慣らしに来たことがあるから、場所は熟知していた。

桶狭間山頂を遠く見上げている間は何の不安もなく、一路、馬を責め続けた。

だが、頂上付近の雑木林にさしかかって妙な不安に襲われた。

付近一帯に異常な血の匂いが立ちこめているのである。義元の本営のあった場所と見られる葦簀《よしず》張《ば》りの掛茶屋の跡が特に酷《ひど》かった。あたり一面、血まみれの遺体の山ばかりである。

(嘘《うそ》ではないらしい。ここで織田軍とのなんらかの遭遇戦《そうぐうせん》があったのだ)

周囲を見回すと、数人の顔見知りの重臣たちの遺体を発見した。

元信は部下を叱咤《しった》し、必死になって義元の遺体の捜索を開始した。だが、杳《よう》として義元の遺体だけが見つからない。

倒れている遺体と旗差し物は、圧倒的に今川方だが、本陣周辺には、若干だが織田衆らしき者の遺体も見つかった。だが、どちらも、ほとんど刀傷がない。皆、顔や喉《のど》を、物の怪《もののけ》にでも襲われたように食いちぎられ、ものすごい形相で仰向《あおむ》けに倒れている。

元信は、あまりの凄惨《せいさん》な光景に、凍り付いた。

なにがあったのかは解らない。だが、想像を絶する惨劇がここで行われたことだけは察しがついた。

元信は悔し涙にくれた。

(なぜ我々にご相談なく、このような狭い場所で秘《ひそ》かに敵と会われるようなことをなされたのか)

元信には、主君の行動が理解できなかった。

〈兵は詭道《きどう》〉は、小軍の取る姑息《こそく》な手段である。

大軍には無用なのだ。

（なぜ堂々と正面から織田を攻められませなんだ。わかりませせぬな、お屋形さまのご真意が）

怒りは、また、桶狭間山周辺の警護に当たっていたと思われる子息氏真に向けられた。

部下の語る噂《うわさ》では、父の討ち死を聞くと、あたふたと逃走したらしい。今も将を失った兵は、だらしなく東に向けて敗走している最中であった。

問い詰めて氏真の逃走開始時刻を聞き出すと、先頭の本隊は、すでに駿河目前だろう、とのことであった。

（氏真の散木《さんぼく》（役立たず）野郎め、二万余の軍勢を擁しながら、どの面下《つらさ》げて駿府の人々にまみえる気か）

自分が最前線に放置された悔しさより、自分に相談もなく、のこのこ帰ってしまった愚かな義元の息子が許せなかった。

（よし。それなら――）

元信は、覚悟を決めた。すぐに五十人を呼び集めて城に取ってかえした。

留守中に、信長の兵が、熱田を立ったという諜報《ちょうほう》が入っていた。

（面白い）

元信は、平然と大高城に兵を出し、そこに松平元康が百頭余の馬で運び込んだ食糧のすべてを鳴海城に運び込ませた。

なにしろ、今川の大軍のための大量の備蓄食糧である。

「これだけあれば、籠城《ろうじょう》しても半年は持ちこたえてみせる」

元信には自信があった。

城内の総員は、五百人程度であるが、それでも城に籠《こ》もれば、優に三千人や四千人の織田の軍勢に拮抗《きっこう》できる。

(織田の残存部隊もせいぜいそのくらいであろう。今川の意地を織田の腰抜侍どもに見せてやろうぞ)

そんな気持ちだった。

事実、その後の鳴海城の抵抗はみごとだった。来襲した織田軍団は、全く歯が立たなかった。

この頃、織田軍は今川との緒戦で一千人近い兵力を失っていた。

残る織田の総勢は三千。

この鳴海城をほったらかしのまま駿河にむかえば、下手すると東海道で織田軍は鳴海城に残る今川軍との挟み撃ちに遭《あ》う。どうしても鳴海城を先に落とす必要があった。

だが、攻めれば攻めるほど、織田方ばかりが損害を積み重ねていくだけであった。業《ごう》を煮やした信長は、鳴海城攻略をあきらめ、和睦《わぼく》を申し出た。

元信としても、今川の面子《メンツ》が泥にまみれてしまった以上、自分だけがいつまで抵抗しても、むなしいと悟った。籠城をやめて快く信長の申し出に応じた。

元信の求めた和睦条件は、ただ一つ、

「義元の首を返してもらうこと」

それだけである。

「引き換えに城と備蓄食糧とを呉《く》れてやってもよい」

と、織田軍に伝えた。

奪った首と引き換えに城と大量の備蓄食糧が手にはいる。誰の目にも不釣り合いな条件だった。だが元信が仕えたのは今川義元ただ一人。氏真に仕える気はさらさらない。義元の首一つ戻れば、元信にとって、あとはなんの望みもなかったのである。

元信の唯一《ゆいいつ》の開城条件を聞いた信長は驚いた。

(なんという欲のなさ。戦国の世に、こんな男がいたとは)

なにか〈裏取引〉でも望んでいるのではないか。もしや「俺に仕える気があるのでは——」と誤解したほどであった。

だが、そんな織田家仕官の打診が一笑に附されると、信長は、一転、元信の歓心を買うことに腐心した。

清洲城下に晒《さら》してあった義元の首を慌《あわ》てて引っ込め、これを洗い直し、手桶《ておけ》に丁重におさめた。腐敗した臭気を消すために高価な沈香《じんこう》をたきこむことも忘れなかった。

その上で、首の入った新品の手桶を十人の僧侶《そうりよ》に持たせて元信のもとに届けた、と記録されている。

謀略入り乱れた桶狭間山の異変の、それは一服の清涼剤であったのか。それとも義元謀殺の陰謀を消したいがための美談作りであったか。

今は知る由《よし》もない。

こうして桶狭間山の異変は終わりを告げた。

双方の計った謀略の話は、誰の口の端にものぼらなくなった。

やがて織田家では、桶狭間を巡って奇妙な神話が生まれ、瞬《また》く間に肥大していった。参加した織田の二十騎は、いつか二百騎となり、やがて三百騎を超えた。そうでなければ家臣たちの立場がない。自慢話の辻褄《つじつま》が合わない。

その三百騎が、やがて五百騎、八百騎となり、全員が一丸となって、折からの風雨の中を敵将今川義元を求めて駆け抜けた、という勇壮な奇襲話になるのに、さして日時はかからなかった。

他方、敗者義元の愚息氏真は、どうなったか。

公式記録としては、

家を継ぎて駿河を領し、従五位下《じゅごいのげ》治部大輔《じぶのだいぶ》に叙任し、のち上総介《かずさのすけ》と改め、相伴《しょうばん》衆《しゅう》に列す

とある。

「相伴衆」とは、室町幕府が譜代諸家のために設けた資格で、将軍の外出の時に相手として伴をする役である。足利将軍義輝《よしてる》が、父義元の恩義に報いるために贈った憐憫《れんびん》の肩書きであろう。実体も実権もない。

現実の今川氏真は、すっかり部下に見放された。今川領だった駿河、遠江《とおとうみ》は、東の北条、北の武田《たけだ》、西の松平（徳川）に、いいように食い物にされ、早々に実体を失っ

ていった。

さらに異説もある。

若い頃は、京の四条河原で乞食をしていたとの話である。

この話はさらに飛躍する。伝え聞いた秀吉が氏真を引見した……。

更に、それを聞き知った信長が、氏真を招いて、蹴鞠《けまり》の芸を披露させた……等々。

腐っても鯛《たい》。見事な蹴鞠の技だったと伝えられる。

哀れ、奇世の人かな。鞠を変じて武となさば、家を滅ぼさざるべし

世人は、そう言って氏真を嘲笑《ちようしよう》した。事実かどうか、これにも疑問符が残る。

勝者は、必要以上に敗者を嘲笑の的としていたぶる癖があるから、割り引いて考えなければいけない。

最後は、江戸の家康の元で、わずかな知行を貰《もら》い七十七歳で没するまで品川に在住した。

これだけは事実のようである。

徳川から禄《ろく》を貰う以上、桶狭間の戦いに関する家康の陰謀参加の話は、最後まで門

外不出となった。

事実、桶狭間の戦いに関しては、今川方の記録らしい記録は、今日まで一切ない。後に駿河を領有した家康の手で、すべての真実が、闇《やみ》から闇へと葬《ほうむ》られた疑惑が濃厚である。

4

五月十九日。

生駒《いこま》屋敷には、もう一つ別の桶狭間山の戦いがあった。

織田家が今川に蹂躙《じゅうりん》されれば、当然、信長の嫡子《ちゃくし》奇妙（四歳）、次男茶筅《ちゃせん》（三歳）、息女五徳（一歳）、そしてその母吉乃《きつの》、さらに実家の生駒一族に至るまで危害が及ぶだろう。

「お屋形さまご最期《さいご》を確認した時は、潔《いさぎよ》くその後を追い申そう」

吉乃と兄生駒八右衛門は、昨夜から、共に白装束に身を固めていた。

自害の後の織田家と生駒家の供養《くよう》にと、信長の父信秀《のぶひで》の遺命によって建立《こんりゅう》された阿《あ》弥陀《みだ》寺の開祖清玉《せいぎょく》を招いて、万全を期していた。

すでに清玉は数日前に生駒家入りし、離れの部屋で待機している。

十九日は、早朝から砦《とりで》の悲報が相ついだ。なによりも不安をかき立てたのは、お屋形さまの行方が知れないという事実であった。

城下では、信長への悪口が高まり、「逃亡説」さえ流布《るふ》した。

だが、八右衛門の信長への信頼は、さすがにゆらぐことはなかった。

「あのようなご気性のお方が、そなた等妻子を置いて逃亡などなさるわけがない。きっとお心に決めた、なにかのお覚悟あっての隠密《おんみつ》行に違いない。それを最後まで信じましょうぞ」

家中の者にも、お屋形さまへの妙な噂に惑わされてはならないと、厳しく訓戒した。

しかし離れに滞在する清玉の前では、八右衛門も、つい本音がでた。

「それにしても丸根、鷲津《わしづ》の砦におられる方々のご家中、さぞお気を落としておられよう。今、どのようにお慰めしても、なんの足しにもなりますまい。かえってお屋形さまへの恨みを増すばかりでござろう」

と、嘆息した。

「その砦には、いかほどの方がおいでか」

数珠《じゅず》を手に、清玉は訊《たず》ねた。

まだ十九歳。若いが落ち着きがあった。

「丸根には四百、鷲津は三百五十と承っております。あとの三砦にも各三百人ほどがおりましょうか。これでは、亡骸《なきがら》を入れる座棺がとても間に合いますまい。この湿気と熱気の中、ご遺体はさぞ痛ましいことになっておりましょうな」

八右衛門の返事に、顔を曇らせて、清玉は、さらに訊ねた。

「その砦まで、ここからどのくらいかかりましょうか」

「さて、十里（約四十キロ）以上はございましょう。とても、とてもこの湿気と炎天下、歩くことなどかないませぬ。清玉さま、行かれるお積もりか」

「はい。信長さまのご無事さえ確認できれば、拙僧としては、なんとしても、今宵《こよい》のうちに砦に参り、死者の野辺送りをさせて戴《いただ》きたく存じまする。それが織田家菩提寺《ぼだいじ》の僧としての勤めでござれば」

「それはご奇特なこと。しかし、その肝心のお屋形さまがのう……」

朝方、早々に丸根が落ち、鷲津が消え、今また「善照寺砦苦戦」との報が入った。

それなのに信長の姿がない。

「いずれの砦でか、ご最期をとげられたのかも知れませぬ。しかし、逃げ隠れなされるようなお方ではありませぬ。ご最期と判《わか》れば、我らも仏間にて後追いいたす所存でござる。その後のこと、ご上人《しょうにん》さまに、よろしくお頼みいたしまする」

八右衛門は悪びれる様子もなかったが、妹の吉乃には、語りかけるうちに頬を濡《ぬ》らした。

「そなたも、この兄がお屋形さまの酒宴の席などにはべらせたばかりに、とんだめぐり合わせになったものよの。ゆるせ吉乃」

吉乃は頭を振った。

「滅相もございませぬ。兄上様。吉乃は、女として、あり余るほどの果報を生きました。たとえ捕らえられて、わらわと共に、奇妙、茶筅、そして五徳、共にあい果てましょうとも、最後には多志《たし》(吉乃の連れ子)がおりまする。今にして思えば、多志が養女として外に出され、織田家との縁が切れていてよかったと思いまする。この多志さえ生きていれば、女の命は、多志から、さらにその子へと続きましょう。それさえ叶《かな》えば、この吉乃、この世に、もはや未練はありませぬ。どうぞ清玉さま、多志がこと、くれぐれもお頼み申しまする」

吉乃はそう言って清玉をじっと見つめるのだった。

「成るほど……」

八右衛門は感嘆した。

「おなごは、かくも子ゆえに強いのかの。それに引き替え、男の世は厭離《えんり》穢土《えど》欣求《ごんぐ》浄土《じょうど》。救いがないわい」

そう言って静かに席を立った。

(吉乃は、まだ清玉さまに言い残したいことがあるに違いない)

そう思って気をきかせたのだ。

広い書院造りの離れ座敷に残された清玉と吉乃の二人は、しばし無言の時を過ごした。

それは外からみれば男女の逢《あ》い引きのようにみえたろう。だが、死に直面した吉乃の心にかかるのは、ただ娘多志の将来。その一念だけであった。

吉乃は生駒家の法要で、娘の多志を清玉に引き合わせた時の、二人のほほえましい会話を思い出していた。

多志は、無邪気に清玉の回りを駆け回り、その僧衣にぶら下がったりして遊んでいたが、ふと、

「ご上人さまに、お願いがございます」

と、あどけない瞳《ひとみ》で清玉を振り仰いだ。

「さて、なんでございましょう」

清玉も、にこにこ笑っていた。

「お上人さまのお手のズズ（数珠）は、私のズズより、ずっとキラキラ輝いてお綺麗《きれい》でございます。見せていただけますか」

「喜んで」

清玉は、数珠を腕から外して、多志の頭から掛けてくれた。

「わあ、本当におきれい。ねえ、かかさま、多志にも、このようなきれいなズズを買っていただけませんか」

多志は、吉乃に数珠をねだった。それを聞きつけた清玉が、

「多志さまが、そんなにお気に召されたのでしたら、これは我が師成覚《しょうかく》の形見故《ゆえ》に差し上げられませぬが、京に帰ってから、早速に同じようなズズを買って進ぜましょう。なんならそれまで、この品お貸ししていてもよろしうございますが」

「でも、それではあんまり不躾《ぶしつけ》で。それに大切な品を傷《いた》めでもしたらいけませぬが」

吉乃は恐縮した。だが、多志は、すっかりその気になって踊りながら叫んだ。

「わーい嬉《うれ》しい。有り難うございます。大事にお預かりします。でも、このおズズ、

長くて重いですね。数珠玉はお幾つあるのですか」

「百八つです」

「なぜ百八つですか」

あどけない目を一層きらきらさせて、多志は清玉を仰ぎ見る。

「それは人間の煩悩《ぼんのう》の数でございます」

「ボンノウって何？」

「さて」

清玉は、そこでちらりと吉乃を見た。どう答えたものか、という無言の問いであったろう。

だが、吉乃は頭を横に振って（お願いします）の合図を送った。

一瞬躊躇《ちゅうちょ》した後、清玉は、こう説明した。

「それは本能の濁ったものです」

本能が濁って煩悩か――。

（なるほど）

吉乃は、清玉がうまいことを言うものだなと感心した。が、多志はさらに遠慮がなかった。

「ホンノウってなんでしょう」

清玉は、さらに困った顔をしてみせたが、

「さあ、それは多志さまが、もっと大きくなって、この数珠が重たくなくなったとき、逆に、心の中で、ずしりと重く感じるようなものでございます。それまでは、たとえ、おつむのよい多志さまでも、なかなかご理解はできませぬ。お解《わか》りになりたかったら、かかさまの言われることを聞いて大きくなることですね」

（これも旨《うま》く逃げる）

吉乃は益々《ますます》感心した。

「でも知りたい。多志は一生懸命大きくなりますから、もっともっとお上人さまに色々お訊ねしたいと思います。お願いできますね」

「もちろんですとも」

そんな二人の会話だった。

「清玉さま。先ほど申し上げた多志がことで、お願いがございます」

吉乃は、娘と清玉の会話の思い出を振り切るようにして言った。

「いかようなことでございましょう」

清玉は、緊張気味に答えた。

「どうか、多志を、後々、武士の妻などにならぬよう、お力添えくださいませぬか」

清玉さまの口添えなら家中の者は反対できないだろう、という淡い期待がそう言わせた。

「しかし、すでに織田家中の武家の養女とされておりますれば、それもなかなかに……」

清玉は、困惑げだ。

だが、吉乃は屈しなかった。

「もはやかなわぬと申されますか。いえそれは、違いまするぞ」

吉乃の頬にかすかな微笑が浮かんだ。

「清玉さま。もしこの後、織田家滅亡ともなれば、多志は武士の家の養女を解消する道もあるのではございませぬか」

女の執念は極めて現実的だ。そこまで割り切りなさるか――。清玉はすこしく意外な感に打たれた様子だった。

だが、吉乃の母としての気持ちは、さらに飛躍した。

「清玉さま。この吉乃、思い切って申し上げまする。ご無礼とは存じまするが、この世の最後、子ゆえに盲目となった母の秘《ひそ》かな望みと、お笑いくださいませ」

「けっして笑うことなど致しませぬ。お方さまの願いなれば、できるだけ叶えて差し上げたく存じますが。で、どのようなことで」

清玉は、微笑まじりに答えた。

「では申し上げまする。清玉さま、どうか、多志を、養女先から離別の上、まだ、わずか六歳ではございますが、行く末は、清玉さまの妻にと、今ここでお約束いただけませぬか」

清玉の顔が、見る見る朱に染まった。

「な、なんと仰《おお》せられまする」

まだ学生《がくしょう》のような身である。素直に受けるわけにはいかない。

だが、吉乃は、

「ご無礼は重々承知の上でございます。仏門にある身ゆえ、生涯妻は持たぬとのお考えもあるとは存じます。しかし清玉さま」

すでに、日頃の弱々しい吉乃ではなかった。

「これまでは、仏道でも罪業の因のようにいわれ、呪《のろ》われていたわれらおなごにも、救いの大道をお授け下されたは、清玉さまの信じられる浄土の門ではございませぬか。

凡夫成仏《ぼんぷじょうぶつ》がその教えなれば、何ゆえ自らも妻を娶《めと》られませぬ。いや、娶っていただきとうございまする、我が娘多志を。実は、多志は、あれ以来、毎晩、お上人さまからお預りしたズズを胸に抱いて、早く大人になることを念じながら眠るそうでございます。口にこそ出しませぬが、その娘の寝顔に、この愚かな母は、お上人さまに対するほのかな思慕の気持ちを描いているのでございます。いけませぬか」

自分でも、まさかそんなことをいい出せるとは思ってもみなかった。それが、今、この世を去ると思った時、なんの蟠《わだかま》りもなく言葉になって出た。

清玉は長い間じっと目をつぶって答えなかった。

吉乃の願いはそれほど唐突であった。たしかに僧侶《そうりょ》の自分に対して不躾《ぶしつけ》な願いのようだ。

しかし、

(このお方は、いま死に直面しておられる)

その母の気持ちが哀れでならないのだ。自分の母も、子ゆえに臨月の大きな腹をかかえて戦場をさ迷い歩いた。その上で、信長の庶兄信広に拾われたと聞いている。

女の陣痛と、出血を知った信広が陣中を顧みず、母の腹を断ち割ったことで生まれたのが自分である。

清玉は、今、吉乃の姿に、腹を割って子を産んだ自分の母の姿を二重写しに見た思いがした。

「吉乃さま」

ゆっくりと言葉をかみしめ、選びながら清玉は答えた。

「たしかに真宗僧のごとく、僧を名乗り寺を持ち、妻帯する者、ないとは申しませぬ。元より凡夫なれば妻を持つこと望まぬともいいませぬ。しかし、もし妻を持ち子をなせば、子ゆえに自他を同視して仏の道を説くこと叶わなくなりましょう。親鸞《しんらん》ご聖人《しょうにん》様のようなお方ならば、悟りも深いゆえ別でございましょう。が、清玉の如《ごと》きは、凡夫なればかえって道を説く目が濁りまする」

だが吉乃は引かなかった。

「清玉さま。なぜ、その目の濁ることを恐れられますか」

と、切り返した。清玉は静かに答えた。

「いえ、恐れるのではありませぬ。救われぬ衆生《しゅじょう》の、一人たりとも、この世にある限り、己れがことは、すべて救われぬ衆生のあとに置く。それが僧たる者の務めと信じるだけでございます。しかし、一人の人間としては、いや男としては、この清玉、初めて多志さまにお目にかかってよりこのかた、その愛くるしさ、いとおしさを、もはや他人事《ひとごと》とは思うておりませぬ。どのような娘さまにおなりになるのかと思うと、なぜか、この頃は胸の奥が息苦しくなるほどでございます」

初めて清玉が語った正直な告白だった。

「では、多志をいとおしくおもっていただけると……母として信じてもよろしいのでございますな」

吉乃は、ぽっと我が事のように顔を赤らめた。

清玉はしばし無言。だが、やがて、かすかに頰を染めながら答えた。

「いかにも……。この僧の身が、時に恨めしう想《おも》わぬでも……」

(ありませぬ) とまではいわなかった。

この清玉の最後の言葉に、吉乃は、ぱっと前途が輝やいた思いがした。

(わらわの死後、多志は間違いなくこのお方にいとおしいと想っていただける女になる……)

それを自分はあの世で待つ。その喜びで死への心が決まった。

「それを聞いて、母として喜んで死ねまする。清玉さま、どうぞ多志を妻としてお迎え下さいませ。これ、この通りでございます」

吉乃は、喜びの涙に打ち震えた。

だが、人生は皮肉だった。

運命の逆転劇が、この瞬間に起きたのである。

この時、生駒屋敷の表門をけたたましく叩《たた》く音がした。

とび込んできた一騎の武士が、大声で叫んだ。

「お屋形さま、無事ご帰還。今川義元殿のお首ご持参。今川方は駿河に向けて敗走中とのことでございまするぞ」

声も終わらぬ内に、生駒屋敷にどっと歓声の嵐が巻き起こった。

人々は誰彼となく抱き合い、狂喜乱舞し、後は混乱の渦となった。

急ぎ表門に駆けつけた八右衛門と吉乃も、その渦に巻き込まれ、しばし己れを忘れた。

やがて、吉乃が、思い起こして、兄と共にあたふたと奥の離れに戻った時、そこには、すでに清玉の姿はなかった。

5

三日後——。

清玉と弟子の権《ごん》の二人は、まだ戦塵《せんじん》収まらぬ三河境いの丸根砦《とりで》跡に、ほこりまみれの僧衣姿で立っていた。

生駒屋敷からおよそ十里（約四十キロ）。一日の行程のはずだったが、途中、退却する今川軍を追う織田本隊と遭遇して道を遮《さえぎ》られ、容易に進むことができなかった。街道は織田の将兵のほかは全く人影も絶え、権の携行した一日分の干飯《ほしいい》が無くなると、この二日の間は、食を欠き、飲み水にも難渋した。

こうしてたどり着いた丸根砦。

だが——、それはさながら地獄絵であった。

四百の死骸《しがい》は、夜盗や周囲の農民に、その下穿《したばき》まではがされ、裸同然の姿で放置されていた。

すでに死体の腐敗が始まっていた。

織田軍は、途中の鳴海城に敵将岡部元信が籠城《ろうじょう》しているため、その攻撃に手をとられ、丸根の合戦跡に姿をみせる者はなかった。

砦の犠牲者の家族の姿もない。昼は腐肉をついばむカラスの群れ、夜はどこからともなく現れる野犬の群れの集合地となっていた。

二人は、とりあえず近くの禅寺に身を寄せ、荷車、筵《むしろ》などを用意した。だが、できることはそれだけであった。すでに商人たちに買い占められたとみえて、座棺などの調達は不可能だった。

ともかく、この大量の遺骸を、いかにしても成仏させねばならない。

「なによりもまず、仏さま一人一人のお目を安らかに閉じさせねばなりませぬ」

清玉は言った。

「一人、一人のお目を――、でございますか」

清玉に心服する弟子の権も、遺骸の山を前にして、この師の言葉に驚きを隠さない。

それは途方もない供養《くよう》の連続を意味した。四百の遺骸は、圧倒的な今川方の攻撃の前に、ほとんどが即死していた。皆、天を仰ぎ、目をむきだし、ありありと恐怖と苦痛の形相を顔にとどめている。

「恨みを残した、このような眼のままで、皆様をあの世に送ることは、仏に仕えることの清玉の気持ちが許しませぬ。そなたにはあい済まぬが、拙僧が供養してさしあげた後の仏さまの身柄の方をお頼み申しまする。どうか皆さまに安んじて土に帰っていただくため、穴掘りを手伝うてくださらぬか」

そういうと、清玉は手早く黒衣をたくしあげ、数珠《じゅず》を左手にかざし、一人の足軽風の死骸の前にたった。

右手をゆっくりとその死骸の開いたままの眼の上に置く。そして自分は天を仰ぎ、一心不乱に般若心経《はんにゃしんぎょう》を唱えた。

どのくらいの時がたったたか。

死骸の硬直した眼が、しだいに閉ざされていった。やがて清玉がそっと手を離すと、そこには、つい今しがたまで生き、そして従容《しょうよう》として死についたような柔和な顔が現れた。

（お見事！　なんという法力か）

権は、自分の土掘りの仕事も忘れ、呆然《ぼうぜん》と師の美しい指の動きを見つめるのだった。

いつ果てるともない清玉の供養が、雨中で、炎天で、くる日もくる日も続いた。その間、清玉は食を取ることも忘れ、みるみる幽鬼のようにやせおとろえた。

こうして十日が過ぎた。ようやく、

「乞食坊主《ぼうず》が二人、丸根砦の遺骸の野辺送りをしている」

そんな一報が、近くの鳴海城の城攻めの織田軍にもたらされた。

「なに乞食僧が二人だと。それは奇特なこと。しかし、なにかいわくありげなことよ。さっそくに調べよ」

このささいな報に耳を傾けたのは、今川追討軍を預かって来た織田信広であった。どうしても「僧が名を名乗らぬ」という報告を受けると、ただちに数騎の兵を伴って陣を抜け出し、自ら丸根砦跡に出向いた。

清玉と信広。

この再会は、二人を結ぶ宿命の糸が引き寄せたとでもいう他はない。黙々と作業するやせた乞食僧の姿に、信広は、いち早く清玉の変わり果てた面影を見た。

しかし、京の阿弥陀寺の開祖になった清玉が、なぜここにいるのかが、どうしても信じられない。

「清玉、そなたなぜ……」

後は言葉が途切れた。

信広は、清玉の宿としていた禅寺で事情を聞くと、兵に命じてすぐ薄粥《うすがゆ》をたかせた。清玉と権の二人は、これでようやく生気を取り戻した。再び供養を続けようとする清玉を、信広は、おしとどめた。

「そなたたちの志、まことにかたじけない。織田家に代わって厚く礼をいう。だがその身体《からだ》ではもはや供養はかなわぬ。しばし休め。その間、そなたと直々話したいことがある」

禅寺の別間に清玉と二人だけでこもると、信広は一転、厳しい口調で清玉を諭した。

「そなた、近ごろ生駒の家で自分が信長に似ている、そっくりな気がする、と申したそうではないか」

「はい。たしかに申し上げました」

「いかぬ。いかんぞ、そのような軽はずみなことを申しては」

信広は生母も年齢も不詳だが、当時、三十をとっくに過ぎ、分別盛りであったと思われる。清玉との関係では、母の胎内から取り出したこともあり、養父のような立場にあった。

それもあってか、清玉には特に優しく、なにかと陰に回って面倒をみてきた。

そんな信広が、この時は、人が変わったように荒々しい言葉で清玉を難じたのである。

清玉は一驚した。

「軽はずみ？　なぜでございましょうや」

「知らぬか。信長は、底知れぬ冷酷な心の持ち主じゃ。我が織田の汚れた血を引いている」

信広は断言した。

「汚れた？」

(私めにはそうは思えませぬが)

そんな反発を予期したように、信広は、さらに厳しく言ってきかせた。

「もし、そなたに優しいとすれば、それは、そなたを赤の他人と思うてのこと。そなたが血族となれば話は全く別になる」

「血族？　それは異なことを仰《おお》せられまするな」

夢にも、そんなことは思ったことはない。信長と似ていると言ったのは、あくまで物のたとえに過ぎなかった。

「いや、そなたは知らぬが、おそらくそちは拙者と信長の腹違いの弟であろう。拙者はそう信じている」

信広は、そう言うと、清玉の反応を窺《うかが》うように注意深く見つめた。

「弟？　拙僧が信長さまの弟だと申されるのでございますか」

清玉にとってそれは、まさに青天の霹靂《へきれき》であった。

「そなたにはこれまで申さなんだが……そなたの母者はの」

信広は声を落とし、口調を和らげた。

「去る〈小豆坂の合戦〉の数日前、あれは夜半近い頃じゃった。そなたの母者は、戦場にさまよい出てきた見知らぬいやしい妊婦といわれている。だが、それは拙者の作り話じゃ。そなたの母者は亡《な》くなった信秀公の想われ者。余も顔見知りじゃった」

「想われ者と申されると？」

「京から下ってきた商人が残していった白拍子《しらびょうし》よ。大かた、落ちぶれた公家《くげ》の娘ででもあったろう。その白拍子が父の子をはらんで捨てられたのだ。だが、捨てたのは父信秀の本心ではない。嫉妬《しっと》に狂った土田御前の差し金と聞いている。悲嘆のあまり、そなたの母者は心狂われ、信秀公の参加する戦場に迷いでた。そして拙者と遭遇したのだ」

清玉は返す言葉を知らなかった。

だが、その後、不思議なことに、清玉は、清洲に引き取られ、信長と兄弟同様に育てられた。そして六歳で僧侶《そうりょ》として京に勉学した。さらに、十四歳で京の織田家菩提《ぼだい》寺《じ》の開祖になったのである。

それらの謎《なぞ》が、織田の血筋と考えることによって、初めてすらすらと解けた気がした。

だが、信広は、顔色一つ変えずに続けた。

「しかし、信長はあのような育ちと気性ゆえ、叔父、兄弟等、男の血族の一切を信じない。信じぬばかりか憎み、その果てに、血族のすべてを亡き者にしようと虎視《こし》眈々《たんたん》とねらっているような男だ。そなたが僧侶だとて例外ではない。此度《こたび》の戦さの相手となった今川義元も、元はといえば僧侶に出された身ではないか。それが跡目に引き戻され、跡を継いだばかりに、あのような非運に遭《お》うたのだ」

「拙僧は俗世に戻る気は毛頭ありませぬが……」

「わははは、気がないで済むなら世の中、苦労はせぬ。余とて同じよ。忌《い》まわしい狂気の血の流れる織田の跡取りになる気など、余はさらさらない。だが、それでも何時《いつ》なんどき、信長の狂気の邪推を受けるかもわからぬのじゃ」

信広は、寂しげに笑った。

「まさか。信広さままで信長さまが」

清玉は、信長を庇《かば》う言い方になった。だが、信広は、天を仰いだ。

「その〈まさかの坂〉が恐ろしいのじゃ。信長のように幼い時、父に打ち苛《さいな》まれ、母の憎しみを買い、親の愛に飢えていた男はの……、大人になると、その満たされぬ心の傷に復讐《ふくしゅう》という名の芽が生え始める。気の毒に、その芽は己れでも抑制がきかぬほどいつまでも伸び続ける。あの男、今川に勝った後、その酷薄さは、さらに激しくなろう。それが怖い。現にそなたのことでも余は先頃信長に呼ばれてな」

「拙僧のことで？」

「さよう。そして厳しくあの小豆坂の夜の妊婦の素性を問い詰められた。もちろん、おくびにもそなたが信長の弟であるような話はしなかった。そなたは拙者があの小豆坂合戦で、不幸にして討ち死した時の生まれ変わりにと願《ね》ごうて妊婦の腹から取り出しただけの男ということでな。余はゆめゆめ、そなたを信長の邪刀の餌食《えじき》にはしたくない。それゆえ阿弥陀寺の開祖の話が出た時は、真っ先にそなたを推《お》したのじゃ。京の方が安全だ。よいか、くれぐれも自重してくれ。二度と信長に似ているなどと、あの男の疑惑を招くようなことを口にするな。分かったな。約束だぞ」

「はい、しかと……」

いいながらも、まだ清玉は信長をそこまで突き放して考えていなかった。その清玉の心の揺れを見透かすように信広は言った。

「まだそなた納得がいかぬようだが、まあ、よい。いずれあの男の本性がわかる時がくる」

「それはいつ頃になりましょうや……」

「いつか、と訊《き》くのか。それには拙者答えられぬ。いや答えようにもその時は、もはや答えることができぬかもしれぬでな」

「それはまたなぜで」

「ははは、そこまでいわせる気か、清玉。俗に〈死人に口なし〉というではないか」

信広は最後は、謎めいた言葉を口にした。

予感があったのであろう。

信広は、この時から十四年後の天正二年（一五七四）七月、すでに五十歳を越える身で、信長の伊勢《いせ》長島一向一揆《いっこういっき》掃蕩《そうとう》戦に狩りだされ、その先鋒《せんぽう》隊長を命じられて出陣。あえなく戦死している。

この時、信広は後方（信長側）から鉄炮《てつぽう》で撃たれたとの噂《うわさ》が流れた。

信広は、言い終わると、思い出したように従者を呼び、馬を引かせた。

「よいか清玉。信長とは、今後会う機会を作るな。余の元にも一切近づくでないぞ。これは兄としての忠告じゃ。そして、余に万一のことあらば、余の供養を頼む。その場合は、余の墓は尾張の織田家と別にしてくれぬか。頼んだぞ」

6

尾張の新鋭織田信長と駿河の太守今川義元の戦いは、意外な形で決着した。

この仰天の報は、あっという間に日本中を駆けめぐった。

もちろん、当初は、信じる者、信じない者、相半ばしたろう。だが、生き残った今川氏真が、我が身を恥じて、一切沈黙を守ったため、事件は織田方の主張で定着した。

「嵐《あらし》を突いての、堂々の奇襲戦法の勝利」

というわけである。

これを端《はな》から信じなかったのは、武田信玄ただ一人である。

謀略戦で、両陣営をはるかに凌《しの》ぐ信玄は、早速、今川方で働く細作を調略し、義元と元康との間を往復した信長の「降伏文書」の匂《にお》いをかぎとった。さらに、駿河に置き去りにされた元康の妻築山殿の線から、今川方に信長毒殺の謀略があったとの傍証を得た。

だが、「降伏文書」そのものの証拠の確認までには至らなかった。

「双方に、なんらかの謀略の思惑《おもわく》があったことは間違いない。だが、いずれにせよ、謀略は計られし方が愚かなるのみ」

幾多の謀略戦を繰り返してきた信玄ならではの結論であった。

他方、将軍足利義輝は、「義元討ち死」の確報に、今更ながら、昨年信長を亡き者にできなかった失敗の重さを嚙《か》みしめることになった。

しかし、変わり身の早いこの将軍は、素早く次の手を打った。

万一の今川氏の復活を考えて氏真に従五位下治部大輔の叙任と「相伴衆《しょうばんしゅう》」の役職を授けておく。その一方で、昨年の「信長謀殺の陰謀」はほっかぶりして、この尾張の田舎武将と組もうと画策した。

五畿内《ごきない》の暴れ者と化した三好《みよし》（長慶《ながよし》）、松永（久秀《ひさひで》）らを牽制《けんせい》するためであった。

しかし、信長の桶狭間の勝利によって、最も強烈な衝撃を受けたのは、他ならぬお膝元《ひざもと》の織田家中、特にその上層部であった。

林通勝と柴田《しばた》権六の二人は、五月十八日夜、部下が信長をつるし上げようと探している時、信長の横にいながら、信長を擁護せず、顔を見合わせて下を向いて薄ら笑いを浮かべていたから罪が重い。

もう一人の宿老佐久間信盛《のぶもり》も同罪だが、こちらは、丸根砦で縁者の一人である盛重が死んでくれたのがまだしも救いであった。

（お屋形さまは執念深い。必ずあの時、孤立無援に置かれたことを根に持っておられるに違いない）

家臣団は、そんな主君信長の三白眼の底に、なにがあるのかと恐れおののいた。

桶狭間山の戦いの論功行賞が、信長の心底を窺《うかが》わせる形で発表されたのは六月。信長が美濃攻め（斎藤義竜《よしたつ》の攻略）を開始する直前であった。

この時、賞を与えられたのは、以下のわずか三人である。

服部《はっとり》小平太

毛利新介

この二人は、最初に今川義元と立ち会い、首を掻《か》いたという功労であった。もっとも、賞金は少量の砂金だけである。

簗《やな》田《だ》政綱

桶狭間近くに所領を持つ政綱は、今川義元の「居場所を知らせ、襲撃のきっかけを作った」という名目で、一挙に沓掛城主となった。

異例の出世である。

この論功行賞は、後世、信長の「諜報重視《ちようほう》」の姿勢として褒めそやされることが多い。

だが、ではどうやって義元本陣の所在を発見したのか、については、当時も今も、皆目不明である。

むしろ不可能。発見しようにもできなかった筈《はず》である。

この異例の出世は、桶狭間山の戦いの真実の「口封じ」に過ぎなかったのだから。

信長は、以上の三人の他は、今川追撃戦に必死で働いた武将にも兵にも、一顧だにしなかった。

世に言う「嵐の中の奇襲戦法」の勝利が事実なら、このような論功行賞はあり得ない。

7

では、肝心の木下藤吉郎の論功行賞はどうなったか。

三人の兵士の褒賞《ほうしょう》が発表された直後、藤吉郎は、清洲城のお屋形さまの常之間（居室）に呼ばれた。

お屋形さまは、城下に戻ってきた住民の雑踏と町の殷賑《いんしん》ぶりを満足気に見下ろされながら、何げない様子で、藤吉郎を、顧みた。

「そなたの望み、申せ」

直截《ちょくせつ》に訊《たず》ねてきた。藤吉郎は、あらかじめ準備してきたとおりの口上を述べた。

「では、お言葉に甘えて、三つほどお願いがございます」

お屋形さまは、一瞬、ぎくりとした様子を見せた。

(望みが三つもあるのか)

と、思ったのであろう。

だが、藤吉郎の三つの望みには俸禄《ほうろく》の増額はない。そんなことは些事《さじ》と思っていた。ちなみに、藤吉郎が信長に仕官した永禄元年(桶狭間の戦いの二年前)の最初の俸禄は「加納馬場十五貫文」であった。これが犬山城攻めのための河内川筋衆調略の功績で永禄六年に足軽鉄炮隊組頭になった時、いきなり五十貫文となった。

この中間の「桶狭間の合戦」では、俸禄の増加はなかったことが、ここでも窺える。

「では申してみよ。なし得る限り、そなたの望み叶《かな》えてやろう」

お屋形さまは、再び城下の民衆に視線を戻して言った。さりげなく物を言いたい時の癖である。「なし得る限り」と、言葉を濁《にご》したのは、万一、藤吉郎が「妹さまを嫁御に頂きたい」と、高望みでも言いだされた時の逃げであろうか。

藤吉郎は、少しばかり悲しかった。が、気を取り直して続けた。

「一つは京の御帝《みかど》のことでございます。お約束どおり今後一層のご忠誠をお願い申し上げます」

「ほう」

意外な、という顔をされた。

今川義元との戦いで、昔の仲間の協力を得るに際し、「御帝への忠誠を」と申し上げてあった筈。覚えておられないのか。それともおとぼけなのか。

「御帝とやら、なぜそのように敬わねばならぬのか」

と、他人事《ひとごと》のように訊ね返してきた。

(問いそのものが幼稚だ)

と、藤吉郎は思ったが、そんな気持ちをぐっと呑《の》み込んで、言下に答えた。

「古きものゆえでございます。どのような、かわらけ一つ、大木一本でも、古ければ価値を増しまする。まして御帝は、この日本の国をお開きになられたお方。常に民を思い、いまもご質素なお暮らしを身を以《もっ》てお示しになられておりまする。連綿と皇統を継がれて、只今《ただいま》の御帝は百六代にてあらせられるそうな」

「そうか、百六代か」

信長は、あっさり呟《つぶや》いた。特になんの感慨もない様子だ。

「では、将軍と御帝とではどうじゃ。どちらが価値があろう」

と、再度訊ねた。藤吉郎はむっとしたが、

「比べるだけ御帝に失礼に当たりましょう」

そこまでが部下として言える限界だった。

「それほどのものか」

お屋形さまは屈託がない。

十歳の時、父信秀が四千貫という巨額の銅貨を、御帝の内裏の修理費に捧《ささ》げるのを、信長は、冷ややかな眼で見ていたと聞いたことがある。

平氏に遡《さかのぼ》ると自称する信長。

天皇家に直接つながる藤原氏の流れと信じる藤吉郎。

この、天皇家に対する認識の差であったろう。

「解《わか》った。次の望みはなんじゃ」

お屋形さまは、急に会話が面倒になったのか、せわしげに訊ねた。

「これは一身上のことでございますが――」

そこまで言って、藤吉郎は、ちらりとお屋形さまの反応を窺った。

「今後、私めのことを猿と呼ばず藤吉郎と呼んで頂けませせぬか」

「どうしてじゃ。面を上げよ。それほどあだ名が気になるか」

信長は、部下があだ名で呼ばれる痛みが解らない男だった。

顔を上げた藤吉郎を穴のあくほど見つめてきた。猿顔を猿と呼んで何が悪い、ぐらいの感覚しかないのである。

なれば——と、藤吉郎は、ここで一芝居した。

「手前はさして気にはしませぬが、家来の者、あれ、あれが猿の軍団よ、と陰であざけられる由《よし》にございます。それを聞くと、この藤吉郎、家来が不憫《ふびん》で、不憫でなりませぬ」

急に目頭を押さえて見せた。

最初は芝居の積もりだった。だが、部下の連中の訴えを思い出すと、本当に涙が出て止まらなくなった。

「わかった、わかった。以後気をつけようぞ」

さすがに反省したのかと思った藤吉郎。涙を拭《ふ》くこともなく、そのまま続けた。

「お聞き入れ頂き有り難うございます。では、三つ目。最後のお願いでございますが……」

再び平伏に戻った。

今度は、お屋形さまの顔を見ない。見ては言えない話なのだ。

「うむ。望みは城持ちか加増か」

なにも知らないお屋形さまは笑みを浮かべている。

「いえ。これもまた一身上がことでございますが」

無理は承知。ここで男らしく告白しようと思った。笑われてもいい。

「おいちさまをわがつまに」と。

昨夜から、散々練習してきた言葉だった。だが、いざとなると、不意に喉《のど》がかすれて出ない。

(ええい、ままよ)

呼吸を整え、改めてお願いしようと顔を上げた時、藤吉郎は、逃げるように居間を去っていくお屋形さまの後姿を見た。

(あっ、お待ちを)

そう叫びたかった。が、間に合わない。

その背中に、

(人には分際というものがあるのだ)

という、ぞっと冷たいものを感じとった。

藤吉郎は、がっくりと肩を落とし、城を後にした。

藤吉郎は、その足で宮後《みやうしろ》村の蜂須賀小六《はちすかころく》を訪ねた。

いきなり小六の居間に上がり込むと、

「嫁を、嫁を世話してくれ」

とだけ言って、がっくりと膝を折った。

(下婬《かいん》を求めず)

戒律を自ら放棄した瞬間だった。

「藤吉郎殿、それはまことか」

事情を知らない小六は狂喜した。

藤吉郎が妻を娶《めと》ったのは、それから間もなくのことである。

妻の名はおね。漢字で於禰と書く。

織田家家臣浅野又右衛門の娘という触れ込みだが、実は養女である。実父林弥七郎の名を隠すための小六の工作であった。

弥七郎は弓の名人だった。永禄以前は小六の配下にあり、もっぱら織田の岩倉本家の信安の軍に属して働いた。

小六は、「浮野原《うきのがはら》の合戦」で、弥七郎に、信長配下の鉄炮《てっぽう》の名人橋本一巴を狙《ねら》わせた。

一巴は、元々は小六の配下であったが、信長が大金を積んで小六から横取りし、織田軍の鉄炮の指南役とした男である。

野武士集団は、表社会の武士以上に、こういう「寝返り」を嫌う。掟破《おきて》りとして厳しく追及した。

「鉄炮では勝てない。だが、そなたの弓ならうち倒せるだろう」

この小六の命令に応《こた》えて、弥七郎は一巴を仕留めた。だが、自分も撃たれて相打ちとなった。

於禰は、こうして父を失った娘であった。

信長から見れば敵の娘。それを敢《あ》えて承知で藤吉郎は妻に娶った。

その藤吉郎の心中は複雑である。これまで、

「妻女選びは、そなたに任す」

小六に頼んできた手前もある。市に対する片思いの叶わなかった腹いせもある。

だが、それだけではなかった。小六の引き合わせで一目於禰に会った藤吉郎は、この妻に母の優しさを二重写しに見た思いがしたのである。

この思いは終生変わらなかった。

内輪だけのささやかな婚姻だった。

その夜、初夜の床を前にして、藤吉郎はきっぱりと言った。

「正直に申しておく。これまで拙者は市さまが好きじゃった。死ぬほど好きじゃった。だが、そなたを見てきっぱりと諦《あきら》めた。今後、どのような市さまの噂《うわさ》を耳にしても、安心するがよい。そして見よ、お屋形さまを。正室のお濃《のう》さまを見捨てているではないか。また三河の殿を考えよ。これも築山殿という正室を駿河に置き去りにしたではないか。だが、この藤吉郎は、そなたに決してそのようなことはせぬ。思いもさせぬ。沢彦《たくげん》殿に教えてもろうた言葉がある。〈貧賤《ひんせん》の交は忘るべからず。糟糠《そうこう》の妻は堂より下さず〉と。拙者そなたを生涯むげにはせぬ。離縁も致さぬ。そして必ずそなたを清洲以上の大きな城に住まわせてやる。男藤吉郎、嘘《うそ》はいわぬ」

藤吉郎の新たな出発は、こうして始まったのであった。

# 終章　消えた合戦譚《たん》

## 1

桶狭間《おけはざま》山の合戦から十五年。

天正三年（一五七五）七月下旬のことである。

松平元康《まつだいらもとやす》改め、徳川家康は、この年五月の武田《たけだ》勝頼《かつより》（信玄の嗣子）との〈長篠《ながしの》の戦い〉に際し、織田信長の援軍を受けた「お礼言上」のため岐阜城に参上した。音物《いんもつ》（土産）には、武田領内の金山から押収した砂金を惜しげもなく持参した。

しかし、この「岐阜詣《もう》で」は決して家康の本意ではなかった。

城に参上すれば、これまで内心では隣国同士の「対等」の関係と思ってきた信長に対し〈臣下の礼〉を取らされるに違いない。家康は、それが嫌でたまらなかったのである。

できれば避けたい。

古参の三河衆も、また、此度《こたび》の織田の援軍は、わざわざ礼に出向くほどのことはないと、家康の気持ちを代弁した。

だが——、当時徳川家は、すでに四十九歳の謀臣酒井忠次《ただつぐ》を筆頭に、若手では本多忠勝《ただかつ》、榊原康政《さかきばらやすまさ》といった後世〈徳川四天王〉と呼ばれる側近たちが家康のまわりをがっちり固めていた。

「僭越《せんえつ》ながら上さま。ここは、もそっと心を大きうお持ちなさりませぬと……」

忠次たちは、厳しく家康の感情的な姿勢を戒めた。この岐阜詣でには若い忠勝が側近を代表して随行している。

忠勝は、内心では家康の苦渋がわからぬでもなかった。

十三年前に始まった三河と尾張の同盟関係は、当初、明らかに対等であった。それが二年前——、武田信玄の上洛《じょうらく》途中、信長打倒を目前にした劇的な死と共に崩れた。

(あの信玄の死が、もう四ヶ月早かったなれば……)

なすところなく追い散らされた浜松城外の屈辱的な敗北はなかったであろうに——、

という主君の嘆きは、また自分たち徳川家臣団の嘆きでもあった。

しかし、現実は、家康敗北の直後、信玄の急死によって、勝利の栄冠は、信長のものとなってしまったのである。

以後、家康は——版図も、武力も、そして朝廷から拝受する官職まで——信長が「参議」となった今では、信長のはるか後塵《こうじん》を拝する存在でしかない。

もはや事実上の部下であった。

それに徳川には、信長にいえぬ「お家の事情」があった。

道中、二人だけになると、心を鬼にして忠勝は主君に言い含めた。

「此度の岐阜城へのお礼言上の我らが目的は——」

側近総勢で考えぬいた殿への提言である。

第一に、織田家中への協力より武田残党の掃蕩《そうとう》を重く考えられよ。

第二に、次ぎなる越前一向一揆《えちぜんいっこういっき》平定には、断じて参加あるべからず。

「このためには、殿には、ここ一番、たとえ信長めの尻《しり》を舐《な》めようとも臥薪嘗胆《がしんしょうたん》。参加を免じていただくように努めて頂きたい」

「わかっておる。くどいぞ平八郎」

家康は横を向いたまま言い放った。だが忠勝はくじけない。

「なれば、此度の長篠の武勲は、すべて信長さまのものとお考え下され。それを宴席での信長さまへの、よき〈言の葉の馳走《ちそう》〉となされませ。この際、三河衆の意地など、ゆめゆめ張ってはなりませぬ。さらりとお捨て遊ばすように」

歯に衣《きぬ》を着せなかった。

信長は、長篠の戦いに、三万の大軍を率いてやってきた。だが、先陣はすべて三河の国侍一万五千が務めた。信玄亡《な》き後の武田軍は、先陣の三河軍だけで充分だった。礼を言わなくてはならないのは鉄炮《てっぽう》の貸与だけである。それも——、五百挺《ちょう》だったのを三千挺と世間に誇大に吹聴《ふいちょう》された。

家康の工夫した「馬防柵《ばぼうさく》」による攻撃までも、いつの間にか、信長独自の考案にすり替えられていた。それを聞き知った大久保忠世《ただよ》、忠佐《ただすけ》等古参三河衆は、憤激して家康の岐阜詣でを阻止しようと画策したほどである。

だが、忠勝は体を張って古参三河衆を抑えつけた。

「上さまのご心中、重々お察し申しあげまする。が、此度ばかりは、三河の内部事情もこれあり、曲げてご承知いただかなくてはなりませぬ」

忠勝は譲らなかった。

「三河の内部事情」とは、三河にはびこる一向宗の存在である。

三河には、一向宗が深く浸透しており、その同宗を敵とする合戦を望まない家臣が大勢いた。殊《こと》に十二年前、世話になった謀臣だった本多正信《まさのぶ》（弥八郎）が、弟正重と共に一向宗に投じて三河を出奔した事件は、皆を動揺させた。

最近、正信は、北陸の各地を飄遊《ひょうゆう》し、一向宗徒の謀主筆頭として北陸戦線で華々しい指揮をとっているとの噂《うわさ》がしきりだった。

正信の知略には定評がある。領内では、今も、正信を慕って、ひそかに一向宗侍の脱走が絶えない。

それに、下手に越前戦に参加すると、意地の悪い信長から、

（本多正信の手の内を知る徳川殿に先陣を願おうか）

などと、新旧の部下同士の対決を強いられる危険があった。酒井等謀臣たちは、これを極力避けたかったのである。

「耐えて下され、上さま。信長公はすでに四十二歳。この戦国の取り合い合戦。最後は、総大将の若さと気力の勝負なれば、必ずや一番お若い上さまの出番が巡って参り

ましょうほどに」

忠勝は、切々と家康を説いた。

「気休めをいうな」

家康は、露骨に不快をあらわにして反論した。だが、忠勝は引かない。

「いえ、気休めではござりませぬ。事実でござります。それに……」

「それになんじゃ」

家康は、親指の爪《つめ》を血の出るほど噛《か》んだ。

「こたび信長さまとの交渉事をいたしてよくわかりました。信長さまのまわりには、だれ一人としてこれはと思う知恵者がおりませぬ」

「大勢いるではないか。武井(夕庵《せきあん》)、松井(友閑)、村井(貞勝《さだかつ》)の〈井組三人衆〉などはどうじゃ。なかなかの切れ者と聞くぞ」

「いえいえ」

忠勝は、微笑《ほほえ》んだ。

「拙者《せっしゃ》の見立てでは、いずれも信長さまの言葉をそのまま伝える鸚鵡《おうむ》かそれを受けておろおろと走り回る犬どもに過ぎませぬ」

「大口たたくなよ」

忠勝の笑顔に引きずられ、家康の言葉は、すこし柔らかくなった。

「いえ、大口ではありませぬ。前線の侍大将には見所ある者が大勢おられますする。だが、皆、各地に配され、まわりには、一人として歯ごたえある人物は見当たりませぬ。まこと与《くみ》しやすい者ばかりでございました」

「ました、とは。そなたすでに彼らと接触したか」

「御意。現に……我らが一向一揆討伐への辞退申し出は、織田家中ではだれ一人疑問を持たれず、ご納得戴《いただ》く方向で進んでおりまする」

すでに手を打っていることを忠勝は、ここで初めて打ち明けた。

「それはまことか」

家康は、ほっとした表情を見せた。

「はい。拙者、逆の立場なら、かく単簡《たんかん》には、徳川の申し出を納得はいたしませぬな。せめて皮肉の一つや二つは申しましたろうにと」

「皮肉屋のそなたなら、さもあろう。ということは、やはり砂金や金小判が鼻薬になったということか」

「鼻薬どころか。媚《び》薬《やく》のように効果がありましてござる。聞くところによれば信長さまは、近く琵《び》琶《わ》湖《こ》周辺に巨大な城を構築の予定とか……、とかく物要りのようですからな。それに我等、もう一つ打った手がございました。それは織田家内部の一向宗徒への接触でございました」

「ほう、それはまたなんと」

さすがの家康も、そこまでは思ってもみなかったことである。

「まず手初めにと、彼ら一向宗徒を通じて、もっぱら徳川軍の不参加の意味を宣伝しました。彼らとて、もとより同宗徒との戦いは不本意のはず。できれば五分五分の戦力で和平に持ち込みたいであろう。となれば、強兵と恐れられる徳川の不参は願ってもないことと思うに違いないと。結果は上々でございました」

「そうか、毒をもって毒を制したというわけじゃな」

「上さまもお口の悪い。しかし、まあ、そんなところでございましょうかな……。そのような手筈《てはず》、すでにつけておりますれば、上さまは大船に乗ったお気持ちで、ゆったりと参上なされませ。決して悪い扱いはされませせぬゆえ」

最後は、豪快に笑ってみせた。

「わかった」

家康はようやく機嫌を直した。

「では、余が信長に与える〈言の葉の馳走〉を、そなた、しかと見届けよ。その時の信長の家臣どもの顔つきもよっく観察せよ。特に羽柴《はしば》秀吉（元木下藤吉郎）。あの男を注視するのだ。噂では、かつての桶狭間山の戦いも、陰で信長を操ったのは、秀吉だというではないか。余の馬防柵も、元はといえば、あの男の〈美濃《みの》攻め〉の折りの工夫だった。それを余が秀吉の了承を得て、もう一工夫したものなのだ。信長の工夫などといわれるのは片腹痛いわ」

〈美濃攻め〉当時、まだ十代の若年だった忠勝は、後方の陣にいて馬防柵の威力を見ていなかった。

「そうでございましたか。元は秀吉さまの工夫とは知りませんでした。では、しかと観察いたしましょう。しかし、上さまは、信長の食の馳走は、できるだけお控え下されませ。できれば、時ならぬ腹痛にでもなられるのがよろしいかと」

「ということは、信長が余に毒を盛るとでもいうのか？」

「その恐れがあるとの噂で。信長の南蛮好みの中には、食後数日を経てから効くような恐ろしい毒薬まであるとのことでござる」

「そのような毒薬の話は初めて聞いた。だが、そこまでの用心は、まだ無用であろう」

「まだ？　なぜでございますか」

「武田が滅びたわけではない。武田滅亡の時までは、武田小判の音物欲しさに、余を生かしておくに違いないからな。案ずるな」

家康は、初めてここで余裕の微笑を見せた。

しかし、翌朝、忠勝の意見を容《い》れて、家康は、そっと顔に薄く青みの化粧を施して出掛けることを忘れなかった。

そんな思惑《おもわく》と葛藤《かっとう》に満ちた家康の岐阜城詣でであった。

2

岐阜城は、信長が、永禄《えいろく》十年（一五六七）八月、斎藤竜興《たつおき》を逐《お》って奪った斎藤家の居城（稲葉山城）である。

一年がかりで総改築した後、地名を「井口《いのくち》」から「岐阜」と改めたのを機に岐阜城と名を改めて移り住んだ。

「岐阜」の「岐」は、中国古代王朝周の文王の祖父である古公亶父《たんぽ》が「岐山《きざん》」に拠《よ》って天下を治めたという故事にちなんで命名した。「阜」は大きくふくれた土盛り。発案者は僧沢彦《たくげん》という。

毎年水害に悩まされてきた清洲《きよす》城のことを考えれば、夢のような稲葉山（現金華山、標高三百二十九メートル）の高所にそびえる山城である。

通常の来客には、城があまりにも高い山頂にあるため、山麓《さんろく》の居館をもっぱら使用した。

しかし、徳川家康の饗応《きょうおう》は別だった。山上にそそり立つ天守台の東隅の「松の間」、この部屋の境の襖《ふすま》を取り払った隣の「御座の間（通称鷹《たか》の間）」、さらに家臣たちの「控えの間」を三間ぶち抜いて行われた。

参加者は、織田家の威光を誇示するかのように、越前一向一揆勢と対陣する柴田《しばた》勝家を除き、織田の宿老、中堅の諸将全員、総勢百数十人を招集した。中には初めて岐阜城に登城を許された者たちもいた。

「松の間」は板敷き十二間の広間で壁面に松ばかりが描かれているところからそう呼ばれた。日ごろは信長の好む能を催す舞台である。翌日からは、ここで京から招いた観世能、丹波田楽などを連日催すことになっていた。

信長は「鷹の間」の上座に一人座を占めた。

信長のはるか下方、ほとんど「松の間」との境近く、しかも、ご丁寧にも、さらに一段下げてしつらえた席の右列筆頭が家康の指定席だった。

家康は、黙って定められた席に着いた。

家康の向かいには、織田家宿老の林、佐久間、滝川、丹羽《にわ》等が家康を監視するかのように順にならんでいた。

一方忠勝は、主君家康からさらに切り離され、陪臣の上席に座らされた。もちろんこちらも席順には一切不満の色もみせなかった。

この席順は、すでに家康等を「客人」とは見ないぞ、という信長の示威の現れであった。

信長は、家康に初めて〈臣下の礼〉をとらせた宴席とあって上機嫌に振る舞った。

当然、話題は、此度の〈長篠の戦い〉の数々の自慢話であった。

家康は、前後左右の話題に一々うなずいて笑顔をたやさない。

しかし、顔色はさえなかった。

家康は予定どおり、膳《ぜん》の料理に箸《はし》をつけることも少なく、高坏《たかつき》の酒も進まなかった。
と、向かいの林、佐久間だけにそっと打ち明けた。
(水当たりの急の腹痛)

宴半ばの頃、上気した信長は突然「そこな猿」と、遠く控える羽柴筑前守《ちくぜんのかみ》に向かって叫んだ。

この頃も、なお信長は秀吉を「猿」というあだ名で呼ぶことをやめなかった。さすがに客人の前では「秀吉」と呼び、この七月からは、自分が朝廷からもらってやった官職の「筑前(守)」を努めて使うようになった。だが、この家康招宴の席では、そんな気配りのそぶりも見せなかった。

気を許したというより、〈臣下の礼〉をとる家康への信長独特の牽制《けんせい》の意味もあったろう。

この頃、信長から秀吉の席までの距離は、なお遠い。

宿老の林、佐久間、そして長篠に参戦した先輩格の滝川(一益《かずます》)、丹羽らが上位にいたためである。

不意に信長に呼びかけられて、

「ははっ」

秀吉は顔を赤らめ、あわてて手に持った杯を取り落としそうになった。ようやく自分の前の膳にひたいを擦《こす》らんばかりに平伏した。

そのあわてぶりを、からからと笑いながら、信長は、くり返した。

「のう、猿」

「ははっ」

「あれは全くの天運じゃったなあ」

「と申されますと」

「あれよ。〈桶狭間山《おけはざま》の戦い〉よ」

そういって信長は再び笑い、手にした杯をほした。

よほど機嫌のよい時しか酒をたしなまない男が――、である。

「慢心しきっていたとはいえ、かの義元は、駿河きっての名将。その二万五千の大軍を、わずか千余の手兵をもって、あの嵐《あらし》の中をかいくぐり、かいくぐり……敵の本陣をよくぞ突き止めて血祭りに上げたものよ。余に天運があったとしか思えぬわ」

「まことにそうでございました」

秀吉が、猿顔をわざとらしく歪《ゆが》め、独特の追従笑いを見せるのを忠勝は見逃さなかった。

本心かどうか。心は凍っているのではないか。

と、突然、

「まことでございまする。いやはやお屋形さまの大天運でなくてなんでございましょうや」

二人の話題に割り込んできたのは、主君の徳川家康であった。

(お見事。さすがは上さま)

忠勝は、思わず拍手したい気持ちだった。すると、

「そちもそう思うか」

信長は三白眼の細い目尻《めじり》を下げ、嬉《うれ》しそうに家康を顧みた。家康は、満面に笑みをたたえて言った。

「はい、あの日の昼どきの突然の嵐。それを利したとはいえ、小よく大を制された迅速果敢なお屋形さまの動き。はばかりながら、あの〈桶狭間山の戦い〉こそ、後のちの世までも、この国の戦史を飾るにふさわしいものとして残ると、三河守存念いたしおりまする」

家康は、そういって静かに平伏した。

「それほどのことでもなかろうが」

さすがに信長は、家康のあからさまな追従に、辟易《へきえき》したかのように見えた。

しかし、今度は並み居る他の武将が許さなかった。

だれもが大きく頷《うなず》き、なかには、膝《ひざ》をうって、

「まことに、まことに」

と、家康の発言を支持する姿勢を見せた。

一方の秀吉。

内心、信長にふられた「桶狭間山天運論」の話のお株を持って行かれて少々不満の様子だった。

(おのれ家康め、よくもしらばくれた嘘《うそ》をつきおって。それにしゃあしゃあとした追従までぬかしおって)

とでも言いたげに家康を横目でにらんだ。だが、それも一瞬。その後は、すばやく座にあわせて、

「まことに、まことに、三河さまのいわれるとおりにございまする」

と、膝をたたいて同調してみせた。

信長の視線は、相変わらず、にぶい光しか見せなかった。

3

宴《うたげ》の後、家康と随行の忠勝の二人の客人を除く織田家臣団は、山麓の〈千畳敷〉と呼ばれる平地の居館（フロイスの記述によれば四階建）へと下った。

この夜は特に一度に大人数の下山のため、馬は使わなかった。

松明《たいまつ》の下、皆駕籠《かご》と徒足《かちあし》で下った。

帰路、揺れの激しい駕籠の中で秀吉は、一層複雑な気持ちだった。

世にいう〈桶狭間山の戦い〉の裏の演出こそ、秀吉が信長と共有してきた二人だけの過去の秘密。そして自分の出世の糸口であった。

それが今日、ぽろりと切れたような気がした。

「あれから十五年か」

秀吉は細い下弦の月にむかって呟《つぶや》いた。

（お屋形さま。あなたは、あれをただの嵐の中の幸運だったと仰《おお》せなのか。それはあまりな仰せでございまするな）

そんな思いに、感応したのか急に月に雲がかかり、一瞬あたりが暗くなった。

（いや、そうはいわせぬ。御帝《みかど》のためにも）

いわせてはならないという別の声を胸の中に聞いた。

さらに無言の問いが続く。

（それに、あの桶狭間山の後の拙者への褒賞《ほうしょう》のお約束が違いまする。あの時、今後、朝廷を大事になされるという、かの第一のお約束。すっかり反古《ほご》にされましたな。拙者は存じておりまするぞ。どれほどお屋形さまが今、御帝を苦しめておられるのかを……）

官位の昇格について、信長は勅命をいいことに、「越階《おっかい》（飛び昇格）」を要求したことを秀吉は耳にした。

教えてくれたのは、仲のよい公家《くげ》今出川晴季《はるすえ》と同輩の藤孝（細川）である。

「受けるなら一足飛びに大納言《だいなごん》よ、近衛《このえ》の大将よ。それ以外ならいらぬ」

信長は大言壮語したという。

この信長の過大要求の背景にあるのは、来るべき上杉謙信との戦いであった。

謙信は信長の仇敵《きゆうてき》。しかも唯一《ゆいいつ》最大の敵である。

これまで、謙信の歓心を買うため、信長は、卑屈なほどの阿諛《あゆ》を続け、献上品を惜しまなかった。しかし、どうあっても謙信から許されそうにない。

それでは、戦うしかない。

だが相手は常勝上杉軍団。とても勝てる自信がない。

唯一の逃げ道が朝廷の官職で鎧《よろい》を飾ることだった。

信長が近衛の大将なら、向かってくる謙信は、名目上、賊軍になる。謙信は朝廷に対する尊崇の念が強いから、矛先が鈍るであろう。万一謙信に敗れても、朝廷が仲裁に入ってくれる可能性がある。

信長の官職要求には、そんな思惑があるというのが、公家たちから聞く噂であった。

敗軍となった時の朝廷の救済には先例がある。

五年前の元亀《げんき》元年（一五七〇）味方と信じきっていた義弟浅井長政《ながまさ》の裏切りにあい、越前の朝倉攻めから信長は命からがら敗走した。

この時、信長は一度その効用を身に染《し》みて実感している。気落ちした信長は、

「天下は朝倉殿が持ち給《たま》え、我は二度と望みなし」

との起請文《きしようもん》を朝廷に提出、京に引き上げた。

朝廷は、この信長の「殊勝な言葉」にあざむかれた。ここで信長に恩を売っておこうと、義景《よしかげ》との和睦《わぼく》の仲介を買って出たのである。

尊王の志厚い義景はやむなくこれを受け入れた。そのため打倒信長の「千載一遇」の好機を逸し、間もなく姉川の合戦で一敗地にまみれることとなったのである。

(万一の場合は此度《こたび》の謙信との合戦にも……)

というのが信長のしたたかな読みであったろう。

そのためには、朝廷から得る官職は最高位でなければならない。

しかし、正親町《おおぎまち》天皇はこの要求を拒否した。

「二度と信長には騙《だま》されぬ。上杉謙信こそ不敬な信長を京より追放し、極度に式微《しきび》した我が朝(廷)の最後の忠臣たる人物ぞ」

不敬な信長を京より追放
御帝のご宸襟《しんきん》(御心)を
安んじ奉《たてまつ》らん

謙信のこうした尊王の気持ちは、ひそかに謙信と接触してきた前関白近衛前久《さきひさ》からもたらされた諜報《ちょうほう》であった。

前久は、謙信とは景虎《かげとら》時代から親交があった。謙信の朝廷尊崇の姿勢と人柄を信じた前久は、己れの関白職をなげうってまで越後に出向き、交渉の大役を果たしたのである。

（謙信の言葉に嘘偽りございませぬ）

朝廷は、この前久の回答を信じ、強い姿勢を崩さなかった。

なお、この時の意外な朝廷の強硬姿勢から、前久の裏の諜報活動が信長の知るところとなり、前久が薩摩《さつま》の島津の元に逃れるのは、家康の岐阜詣《もう》でから、わずか二ヶ月後の九月のことである。

さんざん粘った挙げ句に越階要求をあきらめた信長は、前言を引っ込め、代りに家臣に官職を要求した。

朝廷は喜んでこれを呑《の》んだ。誰を何の位につけようが、謙信の上洛《じょうらく》までの時間稼ぎであった。

この結果、この七月から松井友閑が宮内卿《くないきょう》法印、武井夕庵が二位の法印、簗田《やなだ》左衛門は別喜《べつき》右近、丹羽五郎左衛門は九州の名門の名である惟住《これずみ》氏を名乗ることを許された。

秀吉と光秀《みつひで》（明智《あけち》）は各々《おのおの》筑前守、日向守《ひゅうがのかみ》に任ぜられ、共に従五位下となった。

それは信長の傲慢《ごうまん》が生んだ〈ひょうたんからこま〉の結果である。

秀吉は、別に有り難いとは思っていない。従五位下など世上〈五位鷺《ごいさぎ》〉と軽蔑《けいべつ》されるどこにでもある位である。

〈筑前守〉という官職の地名も嫌だった。信長からの説明はなかったが、日向守となった明智光秀と共に、九州まで将来追い落とされるのか、と不気味にさえ思えた。

それに、この〈筑前〉が自分の呼び名となると思ったが、相変わらず「猿」というあだ名からは抜けられない。

秀吉には、再び十五年前の情景が目に浮かぶ。

（も一度お屋形さまにあの桶狭間山の後の拙者との約束を、お思い起こしいただくわけには参らぬものか）

人知れず深い吐息を漏らした。

しかし、次ぎの瞬間、秀吉の脳裏に、あの宴席での家康のねっとりした猫なで声がよみがえった。

（それにしても、あの家康と家臣めの馴《な》れ合いはどうじゃ。俺はしかと見たぞ。お屋形さまは気づかぬが、見事な道化《どうけ》よ。家康め、なにもかも知っているくせに）

心変わりした信長への嘆きが、一転、家康に向けては激しい憤《いきどお》りとなった。

だが、その怒りも秀吉の鋭利な頭脳には長くはとどまらなかった。

ふと、あの道化をだれが家康に演じさせたのか、に思い至った時、この家康と家臣の限りない一体の演技に、秀吉は思わず身震いした。

（おれの生涯の敵は、もしかすると……）

越前にいる柴田などではありえない。あの家康かもしれぬ。

秀吉は、頭上を振り仰ぐと、思わず家康の滞在する天守台付近をにらみすえた。

4

同じ頃、客人である家康は、城中に止められ、「東十二畳」の客間から、眼下を見据えていた。

東には長良《ながら》川の激流が響いているはずだ。が、それも比高百丈以上のこの天守台付近からは、さすがに耳障《みみざわ》りにはならない。

「見よ、平八郎。あの長い松明の列を」

後ろにはべる忠勝を振り返った。

真下には中腹の〈山麓《さんろく》居館〉へと下って行く織田の武将たちの松明の列が延々と続いていた。

「あの中に羽柴殿がおる。余があの言の葉の馳走《ちそう》を申し上げている時、羽柴殿がどのような面持ちだったか、そなた、しかと見たか」

「確かに。初めはご不快気なご様子でございましたが、さっと変じられて、すぐさま上さまにご追従されましたな。あとのお方はお互いに顔を見合わされ、初めから、ただうなずくだけでございましたが」

「ほう、あの男、初め不快気な顔をしたか」

発言中、頭を下げていた家康は秀吉の顔を見ることが叶《かな》わなかった。

「はい、しかとこの目で。なぜでございましょう。あれほどの忠義者が……」

「わははは……、まこと忠義者よ。だが、あれしきのことでそなたごときに心を読み取られるとは。小さい、小さい」

「小さい？　お心が？　それともお身体《からだ》のことで……」

「心よ。だがそれはあの男が昔も昔の昔話にこだわってのこと」

「昔話？　さて拙者一向に存じませぬが」

「ははは、それはもうよい。昔話はみな美しうしたくなるものゆえな。そなたの知らぬことじゃ。だが、おそらくそなたも秀吉に心の内、読まれたに相違ない。でなければ、あれほど早く秀吉が余の言葉については来れぬはずじゃ。そなた、余が信長に言の葉の馳走を申し上げている時、自分がどのような顔で聞いていたか、覚えてか」

忠勝は、はっとなった。

「はて、他人様《ひとさま》のことはともかく、手前の顔のことは一向に」

とりつくろったが、そういわれれば、上さまの言葉に浮かれて思わず顔が緩んだ気がした。

「そうじゃろうな。だれも自分のことはわからぬものゆえな」

家康ははじめて腹の底から笑った。

「怒りは敵」と部下に言いながら、ご自分のこととなると一向にお解《わか》りになりませぬな——、そんな皮肉を昔、弥八郎に言われたことがある。

（誰もが、己れを知ることは難しいものじゃな）

家康は、もう一度腹の底から笑った。その笑いで、身体の中で失いかけていた信長に対する自信がふつふつとよみがえるのを感じた。

# 参考文献

## 【人物】

太田牛一／桑田忠親・校注『信長公記』（人物往来社）
太田牛一／榊山潤・訳『信長公記』（教育社新書）
明石散人『二人の天魔王』（講談社文庫）
藤本光『史跡太閤記』（新人物往来社）
吉田孫四郎雄翟・編／吉田蒼生雄・訳注『武功夜話　前野家文書』（全四巻＋補巻一・新人物往来社）
太田牛一『大からさまくんきのうち』（写本）
綱淵謙錠『徳川家臣団』（講談社文庫）
小和田哲男『戦国今川氏』（静岡新聞社）
田中勝也『幻の日本原住民史』（徳間書店）

【東洋思想】
柳宗悦『南無阿弥陀仏』（岩波文庫）
金子大栄『浄土教縁起』（雄渾社）
【地理と経済】
網野善彦『無縁・公界・楽』（平凡社選書）
天沼俊一『日本古建築行脚』（白井書房）
エンゲルベルト・ケンペル／今井正・編訳『日本誌―日本の歴史と紀行』（全七巻・霞ケ関出版）
【土木】
土木学会・編『明治以前日本土木史』（岩波書店）

# 解説

雨宮由希夫

桶狭間《おけはざま》の戦いは、永禄《えいろく》三年（一五六〇）五月十九日、織田信長が西上する今川軍を尾張の桶狭間で破り、駿河《するが》・遠江《とおとうみ》・三河の三カ国の太守今川義元の首まで取った戦いである。奇襲戦の代名詞であるが、この伝説の戦いには謎《なぞ》が多い。

過大に見積もっても動員兵力わずか五千の信長が、二万を越すといわれる今川の大軍をなぜ打ち破ることができたのか。兵力差から見れば、信長には全く勝ち目のない戦いであった。信長は、迂回《うかい》奇襲作戦で義元を倒したとするのが、通説であったが、近年では、迂回作戦ではなく、織田全軍と今川本体との正面衝突だとする説が有力となっている。また、信長の攻撃を奇襲ととるべきか、強襲ととるべきかの議論もある。いずれにしても、信長は義元が桶狭間で昼食すると、どうして知り、今川本陣の守備兵をくぐり抜けて、どうやって義元に接近できたのか。

『信長公記』の著者・太田牛一を主人公とした本格歴史ミステリー『信長の棺《ひつぎ》』で加

藤廣が作家デビューを果たしたのは、六年前、二〇〇五年の初夏のころであった。『信長の棺』という書名そのものが十二分に刺戟《しげき》的であったが、その若々しく斬新な構想で、本能寺の変には、どうも謀略の匂《にお》いがしてならないと、日本史上最大のミステリーといえる事件の真実を突き止めようとする作家の裂帛《れっぱく》の気迫に多くの読者が拍手喝采《かっさい》したものである。本能寺の変の謎解きをあれほどまでに鮮やかに成し遂げた加藤廣が、この度は桶狭間の戦いの謎に挑んだのが本書である。

戦国の謎といえば、日本史上最も出世した男と呼ばれる秀吉の出自の問題も、その最たるものの一つである。

桶狭間の戦いは信長にとっては勿論《もちろん》のこと、秀吉にとっても大きな意味を持つ戦いであった。この戦いは一介の百姓の小倅《こせがれ》が信長の尻馬《しりうま》に乗って天下人へと成り上がるきっかけとなった秀吉生涯の大転機なのである。にもかかわらず、秀吉の出自については諸説あり、どのような経緯で秀吉が信長の家臣となったのか、桶狭間の戦いで秀吉はいかに行動したのかさえも歴史学上、断定しうるものはないといわれる。

昭和三十四年（一九五九）の伊勢湾台風の際に発見された『武功夜話』（『前野家文書』とも）は、愛知県江南市の旧家吉田家に伝わる家伝史料で、信長・秀吉の同時代人の前野小右衛門をはじめとする、当時、前野一党と呼ばれていた吉田氏の先祖たちの武功を書きとめたものである。

研究家によってはこの文書の信憑《しんぴょう》性について疑問を呈するが、作家の津本陽の『下天は夢か』や遠藤周作の『反逆』、『男の一生』、佐藤雅美の『樓岸夢一定《ろうのきし》』は『武功夜話』を下敷きにして書かれた小説である。

『武功夜話』には、蜂須賀小六《はちすかころく》や前野小右衛門が信長の命を受け、桶狭間の戦いで義元に罠《わな》を仕掛ける話があるが、本書の作者・加藤廣も『武功夜話』のエピソードを巧みに取り入れ、物語をつむいでいる。

物語は桶狭間の戦いの前年、永禄二年（一五五九）の盛夏にはじまる。秀吉は、「新進の足軽頭・木下藤吉郎」で、九月には、今川氏の本拠・駿府に潜入し、質量いずれにおいても、まともに戦っては織田に勝ち目は無い、と自らの目で、はっきりと彼我の実力の差を確かめている。

本書の大きな特色は、秀吉の出自を〈山の民〉との関わりに求めていることである。最新作の短編集『安土《あづち》城の幽霊――「信長の棺」異聞録』（文藝春秋　二〇一一年一月刊）の巻頭を飾る「藤吉郎放浪記」は若き日の秀吉が〈山の民〉の出身である事を隠し、信長に仕え出世の足がかりを掴《つか》むまでを描いたもので、信長と秀吉の出会いを桶狭間の戦いの二年前に比定している。

〈山の民〉は奈良平安時代の時の権力争いに敗れた一族が集団で山中に逃れ、そのまま山中に隠れ住むか、追討を恐れて山中をさまよい続けた漂泊民であり、かつ、独特の情報網を持つ一種の政治的秘密結社であった、とする民俗学の成果がある。作家はそれに物語的創造性を加え、「秀吉はただの農民の子と自称しているが、丹波の〈山の民〉の出身。それも遠祖は中関白《なかのかんぱく》藤原道隆《みちたか》（関白道長の実兄）であると信じている」とし、〈山の民〉の後裔《こうえい》である藤吉郎が信長に内密で、当時、〈山の民〉が密《ひそ》かに集合する場所であった尾張・美濃・三河国境の三国山に入山し、〈山の民〉の長老たちに、尾張・駿河有事の際の信長支援を懇願する——と物語っている。さらに、一緒に成り上がって来た前野小右衛門や蜂須賀小六も、土木建築に精通した異能集団である〈山の民〉の同衆としているのも興味深いものがある。

桶狭間の戦いにおける信長の戦略がいかなるものであったか、真実のところわからない。それを裏付ける確たる史料が無いためである。『信長公記』、『武功夜話』いずれにも、己れの意中を何人にも明かさない信長が描かれている。「軍《いくさ》の行《てだて》は努々《ゆめゆめ》これなく」（『信長公記』）つまり、作戦の立てようもないが、織田軍のとるべき行動は信長自身が決め、乾坤一擲《けんこんいってき》の勝負に出る他はないと、信長は独語したことだろう。

加藤廣の描く、桶狭間の戦い直前の信長は「籠城が駄目。野戦が駄目。間道の抜け駆けが駄目。となると、なにが残るか」と思案し、苦慮した信長は、「藤吉郎という小男の策謀に託すしかない」と諦《あきら》め決断する。吉川英治や司馬遼太郎の描く桶狭間の戦い時点の秀吉とは、信長との距離感から計られる存在感が大きく異なる。司馬遼太郎は、「馬乗りの身分ではなく徒士《かち》でしかなかった藤吉郎は信長の騎兵団について走った」(『新史太閤《たいこう》記』)だけだとし、吉川英治は「槍《やり》組で足軽三十名を預かる武将の中では最下級の小隊頭」(『新書太閤記』)にすぎなかったと書いている。

作者による今川義元像も妥当なもので、「表面は〈京雅《きようみや》び好み〉の柔和な男」だが、「〈兵は詭道《きどう》〉を地でいくような謀略好きの武将」とある。

「駿河に弱点があるとすれば、たった一つ。今川義元自身よ」と見る藤吉郎は信長に、「一の谷の戦いこそ、今川の戦いの参考にすべきもの」と進言する。一の谷の戦いは源氏が平家に仕掛けた見事な謀略であることは〈山の民〉の中にいた平家の落人から藤吉郎の父が聞き、伝えられた秘話であった。鵯越《ひよどりごえ》は馬をおろすにさして困難なところではなく、義経が戦い以前の謀略ですでに勝利していたことは〈山の民〉に自明のことであった。

信長の親書である密書が松平元康(のちの徳川家康)にもたらされる。桶狭間のとき、家康は今川氏の属将であった。信長の「降伏文書」をふまえ、「織田方は、会見場所を桶狭間山としたいとしているが如何《いかが》であろうか」と家康は義元に打診する。家康も信長の謀略に加担しているのである。

運命の五月十九日。『信長公記』によれば、早朝、信長は、幸若舞「敦盛《あつもり》」の一節を吟じながら三度舞い、立ったまま湯漬けを三杯かっ込んで、清洲城《きよす》を飛び出す。従うはわずか五騎——。桶狭間の戦いになくてはならない、人口に膾炙《かいしや》した伝説的名場面であるが、作家はただ淡々と、「かねての手筈《てはず》どおり、明け方、まだ真っ暗な中を、藤吉郎他十八騎の家臣を連れて清洲城を抜け出した」と書き出す。

その後の展開を要約する。——戦いのその日、義元は突如、寄り道をする。行く先は桶狭間山。なんのための迂回か。今川軍の幕僚は何も知らされていなかった。全く作戦外の場所なのである。義元が誰かと会うために出向いたのは明らかであり、その相手とは誰あろう信長と見て間違いない。雨中の桶狭間に、惨劇が起こる。合戦ではなかった。〈山の民〉の集団と犬の群れが突如あらわれ、事を為《な》すやかき消すように消えていく。首のない義元の無惨《むざん》な遺体が残った——。

読者の意表を衝くこのストーリー展開を史料的な裏づけのない、とんでもない奇説、空想に空想を重ねたまったくの拵《こしら》え事として、一笑に付すことは容易であろうが、私たち読者は「ではどうやって信長は義元本陣の所在を発見したのか」という作家の問いかけに応《こた》えられるだろうか。

後世の私たちは、小勢が正面攻撃で大軍を破ることなどできるはずがないとの固定観念にとらわれているのかもしれないが、常識的に考えれば、「迂回奇襲作戦」であれ、「正面突破作戦」であれ、信長本隊が義元本陣に全く気付かれず、接近し、大将義元の首を取ることなどきわめて難しい。信長研究の第一級史料といわれる『信長公記』を仔細《しさい》に読んでも、なぜ織田軍が勝ったのか、はなはだわかりにくい。

五月十九日の昼頃「おけはざま山」に義元が本陣を構えることを信長は事前に掴んでいたのではないか。

桶狭間の戦いは信長による情報戦の勝利であるともいわれるが、信長に劣らず義元にも情報は多く集められたであろう。「信長の逃亡」、「信長の降伏」とかの心証を持った義元および今川軍が油断した一瞬の「時と場所」につけこんで、信長は乾坤一擲の勝負に出て、勝利を得たのであろう。

本書の作者は、桶狭間の戦いの勝敗の因《よ》って来《きた》る理由を「信長の降伏」というたった一つのことにしぼりこみ、ストーリーを展開させているのである。

本書は、秀吉を主人公として、謎の桶狭間の戦いとこれまた謎に満ちた秀吉の出自をふたつながら、組み合わせ、その歴史の真実に迫った歴史小説である。

加藤廣には、『信長の棺』をはじめとする「戦国三部作」があるが、その第二弾『秀吉の枷《かせ》』にて、秀吉と桶狭間の戦いについての〝概略〟というべきものをすでに書きあらわしている。本書は『秀吉の枷』に記された「桶狭間山の戦いは、秀吉演出による初夏一瞬の白昼夢。実は《空白の激突》だった」という〝概略〟に、巧妙な策略の全貌《ぜんぼう》と情報収集の細密を加味したものである。

秀吉の全生涯において、桶狭間の戦いがどのような意味をもつものであったかについては、『秀吉の枷』をひもとかれたい。

（平成二十三年七月、文芸評論家）

この作品は平成二十一年三月新潮社より刊行された。

# 空《くう》白《はく》の桶《おけ》狭《はざ》間《ま》

新潮文庫　か－48－2

平成二十三年十月一日発行
平成二十三年十月二十日二刷

著者　加《か》藤《とう》廣《ひろし》

発行者　佐藤隆信

発行所　株式会社 新潮社

郵便番号　一六二—八七一一
東京都新宿区矢来町七一
電話 編集部(〇三)三二六六—五四四〇
読者係(〇三)三二六六—五一一一
http://www.shinchosha.co.jp

価格はカバーに表示してあります。

乱丁・落丁本は、ご面倒ですが小社読者係宛ご送付ください。送料小社負担にてお取替えいたします。

印刷・大日本印刷株式会社　製本・加藤製本株式会社



ISBN978-4-10-133052-5 C0193